Les douze Tribus

DU MÊME AUTEUR

Pierre Bordage

Les derniers hommes - 5

Les douze Tribus

Texte intégral

I

Assise dans la neige, Kadija devait se résigner à l'évidence : sa sœur n'était plus.

Benjamin avait perdu sa trace un demi-siècle TT (temps terrestre) plus tôt, soit vingt années TT après son départ. Elle était restée en fréquence tribale au début, puis ses communications s'étaient brouillées, comme perturbées par l'atmosphère de la Terre, et, après un dernier échange où elle avait tenté d'exprimer cette notion inconnue qu'était la souffrance, elle s'était définitivement tue.

La mort, pourtant, n'était pas inscrite dans le futur des Saints.

Kadija recevrait bientôt son nom d'Éternelle, mais elle s'était habituée à celui que lui avaient donné Ibrahim et ses amis. Elle commençait de même à s'accoutumer à la souffrance – un concept absent de sa mémoire mentale et organique – qui la cernait à la façon d'une prédatrice omniprésente et tenace.

Souffrance physique d'abord, la gravité qui plaque au sol, qui sollicite sans cesse muscles, organes et nerfs ; souffrance morale ensuite, le frottement blessant avec les émotions, les sentiments, le passé des hommes. Bien que reliée en permanence à la fréquence de Benjamin, qui pouvait ainsi analyser ses réactions et lui proposer les réponses appropriées, elle se sentait coupée des siens, fragmentée, abandonnée. Elle se demandait si les onze tribus installées sur Terre ou dans les profondeurs océanes éprouvaient les mêmes sensations qu'elle. Bien que le temps approchât du rassemblement des Saints dans leur nouvelle demeure, elle ne savait rien des autres tribus. Conformément aux préceptes de l'*Eskato*, elles avaient cessé de communiquer entre elles pour « poursuivre dans le silence l'œuvre de purification qui engendrerait des êtres irréprochables, dignes de l'arbre de vie ».

Pouvait-on réellement s'affranchir des lois de la Terre? De cette course incessante contre le temps qui avait entraîné les hommes à leur perte? Benjamin avait estimé que la sœur envoyée en reconnaissance soixante-dix ans TT plus tôt avait été victime de son manque de préparation, mais, même en jouissant d'une immunité renforcée, Kadija avait elle-même conscience de perdre un peu de son intégrité à chaque seconde qui s'écoulait. Elle ne s'était pas portée volontaire, car le concept de volonté, ou d'affirmation du moi, ne revêtait aucune signification au sein de la tribu, mais l'analyse avait montré que ses aptitudes génétiques en faisaient l'élément le plus qualifié pour partir à la recherche de la sœur disparue. Elle avait été installée, après une préparation méticuleuse, dans l'un de ces tubes à énergie solaire qui serviraient bientôt à conduire les Saints dans leur nouvelle et dernière demeure. Benjamin avait profité de l'occasion pour vérifier la fiabilité du système de transport qu'il avait mis au point en se servant à la fois de la science des hommes et de ses propres connaissances. En état cataleptique, elle n'avait gardé aucun souvenir d'un voyage qui avait duré trois jours TT selon sa chronologie interne. Lorsqu'elle s'était réveillée dans la demeure d'Ibrahim et de ses amis, elle avait reçu un tel choc qu'elle s'était révélée incapable de réagir, de synchroniser ses ressources mentales et physiques. Allongée sur un matelas d'où montait une odeur oppressante, offerte à leurs regards comme les femmes de l'ancien temps soumises à la concupiscence des hommes, elle avait mis deux jours à s'adapter, à modifier son métabolisme, à se familiariser avec la gravité, l'épaisseur de l'air, la grossièreté vibratoire de ses hôtes humains, puis une semaine supplémentaire pour découvrir et maîtriser les fonctions principales de son corps écrasé par la pesanteur.

Une fois habituée à son nouvel environnement, elle avait capté la présence de sa sœur : une sourdine lointaine, un frémissement ondulatoire, un écho étouffé du chœur de Benjamin. Elles étaient marquées du même sceau et, bien qu'agressées par la densité de l'atmosphère, bien que séparées par l'espace et le temps, elles s'étaient aimantées comme deux particules de charge opposée assez puissantes pour s'attirer à des centaines de kilomètres de distance. Elle s'était mise en route, pressée de quitter la demeure souterraine d'Ibrahim et de ses amis. Elle avait d'abord piqué tout droit vers la mer

Méditerranée puis traversé le marais du littoral en direction de l'ouest.

Curieusement, elle avait pris goût à la marche, aux caresses de l'air froid sur sa peau, au spectacle envoûtant de l'eau calme et lisse qui reflétait nuages, soleil, sentiers et végétation. À cela non plus, elle n'avait pas été préparée. La beauté paisible du marais ne correspondait en rien aux images de destruction, de barbarie, de désolation, que sa mémoire gardait de la Terre.

L'empreinte ondulatoire de sa sœur s'était subitement effacée.

Alarmée, Kadija s'était immobilisée au milieu d'un sentier envahi d'herbes noires et était restée un long moment en symbiose avec Benjamin. L'analyse globale n'avait pas apporté d'élément nouveau, sans doute parce que la tribu était aussi perturbée qu'elle. Et puis, c'était à elle, l'envoyée, de prendre des initiatives, de surmonter les difficultés dont la fraternité, là-haut, ne saisissait pas toutes les données. Elle avait donc décidé de poursuivre en direction de l'ouest, parcourant des dizaines de kilomètres sans s'arrêter, fascinée par les scintillements de la mer qui apparaissait de temps à autre entre les buissons et les bosquets d'arbres torturés. La nuit l'avait enveloppée comme une cape sombre. Des milliers d'étoiles s'étaient allumées dans le ciel et dans l'eau.

Vue d'en bas, l'immensité cosmique prenait une tout autre dimension. La différence se faisait flagrante, criante, entre la légèreté du vide et l'attraction terrestre. L'univers se réduisait soudain à cette vision géocentrique qui avait de tous temps maintenu les hommes dans le culte de leur propre importance. La gravité n'avait pas seulement rivé leur corps à la croûte terrestre, mais également leur esprit.

Comment le leur reprocher? Si l'*Eskato* n'était pas venu délivrer ses enseignements, les tribus elles-mêmes n'auraient pas échappé à cette matérialisation, à ce durcissement inéluctable de l'être. L'univers entier était condamné au refroidissement, et l'esprit, cette trace du feu primordial, devait être sauvegardé dans une enveloppe appropriée, délivrée de la hantise du temps, s'il voulait conserver son incomparable fluidité. Les cris des crapauds et des rapaces nocturnes avaient bercé le rythme de ses pas et le balancement de ses bras.

Le soleil levant avait éclaboussé le marais de lumière. Émerveillée par la splendeur des mares enflammées qui se fragmentaient à l'horizon comme les facettes d'un immense joyau, elle avait tenté de transmettre ses impressions à Benjamin. L'analyse lui avait renvoyé un écho laconique : ne pas se laisser distraire par les mirages terrestres, rester concentrée sur la mission.

Ibrahim l'avait retrouvée au milieu du jour à l'aide de son glisseur pétaradant et puant. Elle avait accepté sa robe et sa compagnie, toutes les deux dérangeantes, parce que, Benjamin le lui avait confirmé, l'association avec un humain augmentait les probabilités de réussite. Puis, après quelques heures de marche silencieuse, une nuée de sauterelles^{GM} s'était déployée derrière eux comme un filet gigantesque et bruissant. Elle avait décelé l'empreinte de l'*Eskato* dans l'apparition des insectes venimeux. Ibrahim avait poussé un cri et s'était mis à courir pour essayer d'échapper au fléau. Kadija, elle, avait d'abord évalué le danger et cherché la réponse adéquate dans la symbiose, la réponse en tout cas qui lui coûterait le moins d'énergie : elle avait la possibilité, en cas de piqûre, de neutraliser l'action du venin en activant la fonction détoxiquante logée dans son foie, mais le nettoyage de son sang nécessiterait une catalepsie de trois jours. Elle avait donc opté pour la fuite, comme le vieil homme. Elle l'avait rapidement dépassé puis elle avait ralenti sa course pour l'attendre.

« Des bruits de moteur », avait hurlé Ibrahim, essoufflé, en sueur.

Un engin roulant était apparu au loin quelques minutes avant que les sauterelles opèrent la jonction.

C'est ainsi que Kadija avait fait la connaissance des deux Aquariotes, Solman et Chak. Elle s'était immédiatement rendu compte qu'elle exerçait un désir irrépressible chez le chauffeur, comme s'il recherchait la fusion éblouissante à travers elle de la même façon que particules et antiparticules s'annihilent en une mort de lumière. Elle n'avait pas eu le temps de s'en troubler, la vision de Solman l'avait visitée, transpercée et, le temps du passage de la nuée, l'avait envoûtée avec la même suavité que l'eau des marais captivait les nuages, la lumière et les roseaux. Son chant à la fois beau et triste avait éveillé des sensations inconnues en elle, l'avait reliée avec des souvenirs d'avant sa conception, d'avant... l'éternité. L'*Eskato* dépeignait pourtant les humains comme des créatures laides, corrompues, grossières, souillées, qui, à l'image symbolique des deux premières d'entre elles, méritaient toutes d'être bannies de l'Éden. Les hommes, les fils

8

bien-aimés de la chaleur originelle, avaient saccagé leur écrin, cédé aux pulsions bestiales, concouru au refroidissement de l'univers, à l'extinction de toute étincelle de vie. Comment se faisait-il en ce cas que l'esprit de l'un d'eux, un infirme, un impur, eût assez de fluidité et de puissance pour passer à travers elle comme une radiation primordiale ? Pour ouvrir des brèches sur le rempart d'oubli qui délimitait sa mémoire, sa conscience, ses connaissances ?

Elle avait pris peur, et, les jours qui avaient suivi son arrivée chez les Aquariotes, elle avait évité Solman, elle s'était retranchée aussi loin que possible en elle-même, s'engourdissant dans une sorte de léthargie mentale et laissant son corps agir à sa place. Benjamin était également demeuré neutre, perplexe, dans l'expectative. Il attendait d'en savoir un peu plus sur la première sœur disparue pour lui délivrer ses instructions.

L'intrusion de Chak dans la voiture avait brusquement tiré Kadija de son inertie. Lui était un homme comme les décrivait l'*Eskato*, presque rassurant dans sa normalité, dans sa bestialité. Un moment interloquée, elle avait fini par trouver la riposte adéquate, sans colère, seulement tendue vers l'efficacité. Lui tordre les testicules ne lui avait procuré aucune sensation particulière. C'était une expérience comme une autre sur un tissu vivant, un phénomène classique d'action-réaction. Déchirer les chairs à certains endroits, aux points faibles, entraînait une névralgie et réduisait les humains à l'impuissance. La violence de l'odeur et du désir du chauffeur, en revanche, l'avaient hantée durablement, de même que la vision de son sexe dressé au-dessus de sa tête comme une arme. Sa mémoire contenait un certain nombre d'informations sur les relations sexuelles d'après la Chute, que l'*Eskato* assimilait à la perte de l'innocence primitive, au commencement de la fin. Le prix à payer, pour connaître un plaisir passager qui n'était finalement qu'une poignée de cendres de la fusion originelle, était exorbitant : la sexualité, la célébration de la dualité, impliquait l'acceptation des cycles, donc la soumission au temps.

Elle avait commis ensuite une imprudence étonnante en mangeant la gaufre prétendument offerte par les Aquariotes. Même si elle n'éprouvait pas – pas encore... – le besoin de reconstituer son énergie physique avec un apport de nourriture, elle s'était montrée incapable de résister à l'envie de mordre dans cette pâtisserie odorante en forme de cœur.

Ingérer et digérer les aliments était également une forme de cycle, une autre prière d'insérer dans le temps. À l'issue de son combat silencieux contre le poison, la seule explication qu'elle avait trouvée à son impulsion était que la vie sur Terre engendrait des contraintes particulières, que les organes y avaient leur utilité, leur importance.

Peut-être cherchait-elle à comprendre les derniers hommes à travers leur mode de survie ? Comprendre les hommes ou... Solman ?

Elle ne parvenait plus à chasser Solman de ses pensées. Elle n'en avait ni l'envie ni la volonté. Un élan incompréhensible l'avait poussée à le veiller après son évanouissement dans l'église de la petite ville fortifiée, à le rejoindre dans la cabine du camion de tête, à rechercher sa compagnie, son contact. L'*Eskato* ne l'avait pas préparée à cette attirance, si duelle, si contraire aux lois de l'Ultime Évolution qu'elle avait l'impression de renier sa nature, de trahir l'ensemble des tribus par la même occasion. Solman l'entraînait irrésistiblement sur la pente humaine, dans la spirale fatale du temps. Au bout, il y avait le néant, la mort, cela ne faisait pas l'ombre d'un doute. Or elle avait parcouru le chemin de l'immortalité, comme tous les Saints, comme tous les Justes de l'*Eskato*, elle vibrerait bientôt avec le chœur secret de l'univers, elle brûlerait du feu infini qui sous-tendait la Création.

Pourquoi Benjamin lui avait-il imposé cette épreuve ?

La réponse s'était aussitôt dessinée : la sœur disparue n'a fait que jeter les bases, il te revient d'achever ce qu'elle a commencé. La tribu cherche, à travers toi, à travers cette immersion dans la conscience individuelle, des réponses à une interrogation préoccupante, fondamentale. Des doutes ont fissuré les certitudes et troublé la pureté des enseignements de l'*Eskato*.

Benjamin est-il le seul dans ce cas, ou bien les autres tribus disséminées sur terre et dans les océans expriment-elles la même perplexité ?

Les autres tribus n'ont pas suivi le même cheminement, sans doute parce qu'elles n'ont jamais quitté l'atmosphère terrestre. Elles ont capté la fréquence de notre sœur disparue et se sont servies d'elle pour accélérer l'Apocalypse, l'œuvre de purification.

Est-ce qu'elles se servent aussi de... ma fréquence ?

C'est un risque que nous devons courir...

Elle entendit soudain des cris, des jappements. Elle se leva et, sans prendre la peine d'épousseter la neige de sa robe, se dirigea vers la source des bruits, délaissant le petit tas formé par ses autres vêtements et ses chaussures. Le soleil dorait le bleu du ciel et illuminait le blanc les montagnes. La petite planète perdue dans un coin du disque galactique méritait en cet instant le titre que lui avait attribué l'*Eskato* : le nouvel Éden, la demeure pure des Saints.

Un risque...

Elle avait jugé qu'elle devait s'éloigner au plus vite de la caravane aquariote. Elle avait parcouru en courant la succession de grottes et la galerie qui donnait sur l'extérieur. Elle devait maintenant trouver un moyen de mettre le peuple de Solman à l'abri des anges de l'Apocalypse. Utiliser la parole au besoin, même si l'*Eskato* considérait la communication orale comme une erreur, comme une offense au silence majestueux de la Création. Car, telle était l'idée de Benjamin, telle était la raison de sa présence sur Terre, il ne fallait à aucun prix que les derniers hommes disparaissent avant le rassemblement des Saints. Or ces aboiements retentissaient comme autant d'appels à l'extermination.

II

Une bourrasque cinglante souffla l'espoir de Solman comme la flamme d'une bougie. Glenn, qui avait déniché des jumelles dans la boîte à gants de la cabine du camion, les lui avait aussitôt apportées, rechignant à les pointer lui-même sur la silhouette sombre qui avançait au milieu de la horde de chiens. Ce troupeau et son mystérieux berger effrayaient le garçon bien davantage que les rats du labyrinthe souterrain. D'eux se dégageait quelque chose de démoniaque, une détermination froide, calculée qui se lisait dans leur allure tranquille, dans la cohérence de leurs mouvements, dans le flamboiement de leurs yeux.

Ce n'était pas Kadija qui se tenait au milieu des chiens, comme Solman l'avait espéré dans un premier temps. Les points communs entre la silhouette et la jeune femme, chevelure charbonneuse, peau d'une blancheur de neige, démarche aérienne, l'avaient entretenu pendant quelques instants dans l'illusion, mais il avait pris conscience de son erreur lorsqu'il avait capturé l'ange dans les cercles grossissants des jumelles. Un ange identique à celui qu'il avait aperçu dans le cimetière d'épaves du bas de la ville fortifiée : même aspect androgyne, même vêtement informe et drapé qui tenait lieu à la fois de veste, de robe et de pantalon. N'était-ce la couleur de l'étoffe, d'un brun sombre qui tirait sur le noir, on aurait pu penser qu'il avait suivi une autre piste avec ses centaines de chiens pour attendre les Aquariotes à la sortie du labyrinthe souterrain, comme un chasseur dix fois plus perspicace et rapide que son gibier. Les animaux ne se pressaient pas, contrairement aux hordes sauvages ordinaires qui, stimulées par leurs instincts, perdaient tout contrôle à l'entame de la curée.

Solman baissa les jumelles.

« On fait comme tu as dit, murmura-t-il. On roule sans s'arrêter, on fonce dans le tas. »

Les chauffeurs, regroupés derrière eux, piétinaient dans la neige et trituraient nerveusement leurs armes dans l'attente d'un signe, d'un ordre. Moram eut une moue dubitative.

« Je ne sais pas si c'est une bonne idée, finalement. Ils sont moins nombreux que les rats, mais c'est pas tout à fait le même genre de bestiole. Ils courent vite, ils sont puissants, résistants, sûrement capables de sauter sur les capots et de défoncer les pare-brise. Sans compter que deux camions ont déjà perdu les leurs...

— Tu proposes une autre solution ? »

Le chauffeur retira son bonnet et, du plat de la main, frotta un crâne qu'il n'avait pas rasé depuis plusieurs jours et qui, comme ses joues, se couvrait d'un gazon ras et rêche.

« Il ne nous reste plus beaucoup de munitions, et, quand bien même, je ne suis pas persuadé que les balles arrêteraient ces putains de clébards... »

Il fallait prendre une décision pourtant. Déployée sur toute la largeur du plateau, la meute avançait avec la force implacable d'une vague sombre.

« Et puis, les idées, c'est ton rayon », ajouta Moram en lançant un regard de biais au donneur.

Solman s'abstint de lui avouer que son esprit était vide, neutre. De la même façon qu'il n'avait pas ressenti la douleur au ventre qui le prévenait habituellement du danger, ses tentatives de recourir à la vision demeuraient infructueuses, comme si le problème posé par l'ange et sa terrible légion outrepassait le seuil de sa compétence. Comme s'il n'y avait aucune solution dans le désert blanc qui miroitait sous les ors du soleil. La condamnation de la galerie et la herse de reliefs dressée de chaque côté du tertre interdisaient toute marche arrière. De toute façon, jamais les Aquariotes n'auraient accepté de retourner dans le cauchemar du labyrinthe souterrain. Il ne leur restait plus qu'à démarrer les camions et prendre un maximum de vitesse avant que la horde ait comblé l'intervalle. Rouler à fond sur cette neige, au risque de déraper, de perdre tout contrôle sur les véhicules. Au risque, comme l'avait souligné Moram, de voir les molosses sauter sur les capots, pulvériser les pare-brise et sauter à la gorge des conducteurs. Des chiens sauvages communs n'en auraient pas eu l'audace, mais on ne connaissait pas la puissance, la férocité et l'agilité de ceux-là, et leur attaque du campement aquariote dans les plaines du Nord tendait à prouver qu'ils ne craignaient pas grand monde ni grand-chose sur cette Terre.

« Donne le signal du départ, Moram », dit Solman.

Il se sentait étrangement calme, incapable de s'imprégner de la réalité de cette scène. Il n'y aurait pas eu les autres, les derniers hommes, il se serait couché dans la neige et aurait attendu la mort avec sérénité, voire avec soulagement. Il ne serait pas fâché de quitter ce corps contrefait, d'offrir son esprit aux vents, d'être dispersé dans les vides de cet univers à la fois si intime et si froid.

« Si tu penses qu'il n'y a pas moyen de faire autrement, lâcha Moram avec résignation.

— Nous roulerons de front, sur toute la largeur du plateau. Vague contre vague. La plus résistante l'emportera. »

Moram transmit les consignes aux autres chauffeurs, se hissa dans la cabine et actionna la sirène pour enjoindre aux Aquariotes de remonter dans les voitures. Solman et Glenn prirent place sur la banquette passagers après qu'il eut démarré le moteur.

« Va falloir s'accrocher ! cria Moram. Ça risque de chahuter pas mal sur cette foutue patinoire.

— Pense à Hora, fit Solman avec un sourire. J'ai cru la voir s'installer dans la voiture accrochée à ton camion.

— Je sais, c'est même moi qui le lui ai suggéré... »

Solman se demanda où était passé Wolf. L'occasion ne se présenterait peut-être plus jamais de mettre un terme à leur discussion, de dissiper les dernières zones d'ombre, et il en concevait des regrets.

Le chauffeur desserra le frein à main en secouant la tête d'un air abattu.

« La vie est mal faite, bordel. J'ai eu toutes les autres femmes sans les vouloir, je veux Hora et je ne pourrai sans doute jamais l'avoir.

— Tu es devenu bien pessimiste d'un seul coup... »

Dans un grondement assourdissant, dans un miroitement de métal et de verre, les trente véhicules aquariotes vinrent s'aligner de chaque côté du camion de tête.

« Devenu pessimiste, moi ? T'es pas si futé pour un clair-voyant ! grogna Moram. Pessimiste, je l'ai été depuis que j'ai ouvert les yeux sur ce putain de monde ! »

Il donna cinq coups de sirène, embraya, accéléra et s'assura d'un regard machinal que les autres camions suivaient le mouvement.

Les chauffeurs roulaient très près les uns des autres, parfois à moins deux mètres de distance, à la même allure, animés par la volonté de ne former qu'une seule et grande lame d'acier, un soc compact qui creuserait un sillon dans la horde, qui ouvrirait un passage vers la survie, vers l'avenir. Ils soulevaient des gerbes de neige dont l'écume giflait les pare-chocs, les ailes, les capots et les vitres.

Les chiens se mirent à galoper, à bondir, comme pour accorder leur propre vitesse à celle des camions. Ils cessaient d'être des soldats disciplinés et sûrs de leur force, ils libéraient leurs instincts, ils tendaient leur énergie et leurs muscles vers un seul but, débusquer les êtres vivants qui se terraient dans leurs cavernes d'acier rugissantes, les déchiqueter, les dévorer.

« Putain de Dieu, souffla Moram. L'ange court aussi vite qu'eux ! »

Courir n'était probablement pas le terme le mieux approprié pour décrire l'allure de l'ange qui, effectivement, avançait au milieu des formes bondissantes sans marquer le moindre signe de fléchissement. Cheveux flottant autour de son visage comme une auréole de flammes noires, il semblait poussé par le vent ou par le souffle de la meute quelques centimètres au-dessus de la neige.

« Y a de la magie, là-dessous », dit Moram d'une voix blanche.

Solman ne répondit pas, mais il n'était pas aussi certain que le chauffeur d'assister à un phénomène magique. On ne connaissait pratiquement rien de l'univers, des lois qui le gouvernaient. L'ange était peut-être, comme Kadija, le produit d'une évolution différente, le représentant d'un règne nouveau destiné à succéder à celui des hommes. Glenn essaya de dissiper le froid de sa peur en se blottissant dans la chaleur du corps de son grand frère. L'aiguille du compteur indiquait soixante kilomètres-heure et, déjà, des vibrations secouaient la cabine. Lourds, perchés sur leurs roues comme des échassiers, les camions aquariotes n'étaient pas conçus pour la vitesse, surtout sur un sol aussi incertain, aussi glissant que l'était le plateau enneigé. Leurs chevaux leur servaient principalement à tracter citernes, voitures et remorques sur tous les types de terrain, tant sur les pistes tortueuses des massifs montagneux que sur les immenses étendues d'herbes de l'Europe du Centre ou dans les bourbiers de l'Europe du Nord à la saison des pluies.

Le visage perlé de gouttes de sueur, Moram restait concentré sur la conduite, évitant de fixer la meute lancée à toute allure : étant donné les faibles intervalles entre les camions, le moindre dérapage aurait eu des conséquences dramatiques. Il s'efforçait également de ne pas penser à ce qui se passerait quand les chiens se jetteraient sur les capots et pousseraient les chauffeurs à commettre des écarts. L'idée de Solman, rouler de front, n'était sans doute pas si bonne que ça, mais la formation habituelle en colonne aurait présenté d'autres inconvénients, entre autres la possibilité pour les molosses de couper la caravane en de multiples tronçons et d'isoler les camions.

« On va bientôt cogner ! » glapit Moram.

Soudain, alors qu'une distance de deux cents mètres séparait les deux fronts, les chiens s'arrêtèrent et se couchèrent dans la neige. L'ange resta debout, immobile, le visage tourné vers la droite du plateau, comme s'il attendait quelque chose ou quelqu'un.

« Eh, on dirait que ces satanés clebs ont la trouille ! »

Moram avait inconsciemment relâché l'accélérateur, et les autres chauffeurs également, puisque aucun camion n'avait dépassé le sien. Solman repoussa Glenn, s'empara des jumelles et les braqua dans la direction du regard de l'ange. Les cercles grossissants errèrent un petit moment sur la neige avant de capturer une silhouette qui dévalait la pente de l'un des monts bordant le plateau.

« Freine ! cria Solman.

— Pourquoi ? Qu'est-ce que...

— Freine, je te dis ! »

La voix tranchante du donneur dispersa les réticences de Moram. Tout en donnant de petits coups sur la pédale de frein, il rétrograda et pressa à trois reprises le poussoir de la sirène. Le brusque louvoiement du véhicule placé à sa droite lui confirma que ses collègues réagissaient au signal de détresse. Les ailes des deux camions se touchèrent, mais le fracas de tôles froissées, s'il provoqua une pluie d'étincelles et arracha à Glenn un cri de terreur, n'affola ni Moram ni l'autre chauffeur. Ils s'éloignèrent l'un de l'autre de façon progressive, corrigeant avec délicatesse la dérive engendrée par le frottement. Les roues des remorques et des voitures qui les avaient dépassés soulevaient d'immenses gerbes de neige illuminées par le soleil qui se pulvérisaient sur les pare-brise et rendaient la visibilité quasi nulle. Moram avait l'impression d'avancer dans une brume scintillante au milieu d'autres masses sombres lancées à l'aveuglette et incapables de maîtriser leur glissade.

Le camion s'immobilisa enfin dans un hurlement de freins torturés. Moram coupa le moteur, resta prostré un petit moment sur le volant, se redressa et constata que l'ensemble du convoi s'était arrêté sans autres dommages qu'un peu de tôle cabossée et de courts dérapages qui avaient imprimé un mouvement circulaire à certains véhicules et à leurs attelages. Les roues avaient creusé des sillages profonds dans la neige, le vent avait dissipé l'écume de neige, le silence était retombé sur les environs. Il tressaillit lorsqu'il aperçut les chiens allongés à une vingtaine de mètres à peine de son pare-chocs. Il tira machinalement l'un de ses revolvers et vérifia le barillet.

« J'espère que tu sais ce que tu fais, donneur ! »

Solman ne l'écoutait pas. À l'aide des jumelles, il suivait la progression de la silhouette qui se dirigeait vers l'ange, toujours debout au milieu de la horde.

« Il sait toujours ce qu'il fait, protesta Glenn, qui ne supportait pas qu'on mette en doute les capacités de son grand frère.

— C'est beau, l'optimisme », soupira Moram.

Glenn s'abstint de répliquer : il ne savait pas ce qu'était l'optimisme, pas plus qu'il n'avait compris le sens du mot pessimiste. Et puis son cœur battait tellement fort que le martèlement emplissait tout son corps et que les mots peinaient à sortir de sa bouche. Bien que terrorisé, il ne parvenait pas à détacher son regard de l'ange et de ses chiens.

« Qu'est-ce qu'on fout maintenant ? grogna Moram. L'autre salopard va envoyer ses chiens nous bouffer les c... »

Il s'interrompit, se rendant compte que Glenn n'était pas encore en âge d'entendre le langage des chauffeurs. La place d'un enfant, d'ailleurs, n'était pas dans la cabine, mais à l'arrière, dans une voiture. Les chauffeurs, c'était une de leurs règles tacites, détestaient que les autres Aquariotes, petits ou grands, viennent s'immiscer dans leur univers. Eux ne se mêlaient pas des rhabdes des sourciers ni des ouvrages des tisserands ou des autres catégories du peuple de l'eau, ils souhaitaient en retour qu'on les laisse s'organiser entre eux, avec leur kaoua, leurs manières frustes et leur langage ordurier – lesquels semblaient exercer un attrait certains sur les femmes à en juger par les sollicitations dont ils étaient l'objet.

« Alors ?

— On attend que Kadija ait parlé à l'ange, répondit Solman d'une voix absente.

— Kadija ? »

La surprise creusa les rides de Moram, transforma son visage rond en un masque d'écorce. Il distingua, sur la surface miroitante du plateau, une forme sombre, floue, qui semblait être une femme en mouvement. Il brûlait d'envie, à présent, d'arracher les jumelles des mains de Solman, mais le respect qu'il vouait au donneur – le même respect affectueux qu'un enfant éprouvait pour ses parents, du moins le supposait-il, il n'avait pas connu ses parents – l'en dissuada. Il rongea son frein en vérifiant le barillet de l'autre revolver, puis en comptant les balles en vrac dans les poches de sa veste.

« Je descends, dit Solman. Vous, vous ne bougez pas.

— Hein ? T'es malade ! rugit Moram. C'est pas parce que les clébards se sont... »

Solman ouvrit la portière, une rafale d'air froid s'engouffra dans la cabine.

« La fille n'a sûrement pas besoin de toi pour régler le problème avec cet enc... avec l'ange, insista le chauffeur.

— C'est notre avenir qui est en jeu, rétorqua Solman debout sur le marchepied. Il faut que les hommes soient représentés. Je suis votre donneur, c'est donc à moi d'y aller. »

Moram hocha la tête, conscient que toute tentative d'infléchir la détermination de Solman serait inutile. Et puis, il pressentait que le donneur avait raison : les derniers hommes étaient depuis trop longtemps absents des cercles où se jouait leur destinée, il était temps pour eux de prendre le taureau par les cornes, de manifester haut et clair leur présence, leur légitimité, leurs désirs.

Le chauffeur ne put s'empêcher de frémir lorsque Solman s'avança vers la horde, puis il commença à se détendre en constatant que les chiens ne bougeaient pas. Le courage – l'inconscience ? – du boiteux l'emplit d'admiration : lui, il aurait probablement fait dans son froc s'il lui avait fallu traverser seul une meute de fauves dont chacun pesait à vue cent kilos et dont les crocs, reposant sur les babines plissées, mesuraient entre sept et quinze centimètres de longueur. Solman marchait sans hâte, et sa fragilité, son boitillement donnaient encore plus de relief à sa témérité. Les yeux de Moram s'emplirent de larmes. Il prit conscience qu'il avait bien davantage que du respect pour le donneur de son peuple, il ressentait... oui, il pouvait le reconnaître sans rougir... de l'amour. Un amour différent de celui qui le poussait vers

Hora, un amour qui n'avait pas de visage, pas d'enjeu, un amour qui se suffisait à lui-même comme il suffisait au soleil, là-haut, de paraître pour réchauffer la terre.

Une prémonition lui souffla que Solman, telle une étoile filante, éblouirait les ténèbres de ses feux avant de disparaître, happé trop tôt par la grande roue du temps. Peut-être pleurerait-il pour évacuer un peu de cette tristesse qui le submergerait lorsque le boiteux s'en irait, après avoir tout légué à ses frères, enfin léger, enfin libre ? Il fixa Glenn d'un regard en coin et distingua, dans ses yeux, une vénération semblable à celle que lui-même éprouvait. Alors il tendit le bras et, d'un geste tendre, ébouriffa les cheveux du garçon dont, quelques secondes plus tôt, il avait tant exécré la présence.

III

Solman ne lisait aucune expression dans les yeux de l'ange maintenant fixés sur lui. Ou, plus exactement, il y décelait la même vigilance impersonnelle que les chiens couchés dans la neige, comme si la horde et son berger étaient pétris de la même essence, de la même énergie. Il marchait entre les fauves en s'efforçant de maîtriser les tremblements de sa jambe torse, de contenir une peur qui ne demandait qu'à jaillir comme une source froide et sale.

Leur course ne semblait pas avoir marqué les chiens dont le poil était resté sec et dont les expirations lentes, à peine perceptibles, s'éparpillaient dans les sifflements du vent. Ils paraissaient être les modèles améliorés de ceux qui avaient attaqué le campement aquariote quelques semaines plus tôt – quelques semaines qui avaient duré un siècle – : mâchoires et pattes plus puissantes, poitrail plus massif, crocs plus longs, plus effilés, pelage noir et feu plus épais, plus luisant... Solman présuma que l'intelligence destructrice avait le pouvoir de modifier à loisir les caractéristiques de ses soldats, qu'à chaque problème soulevé par ceux qui contestaient sa volonté hégémonique elle puisait dans ses connaissances phénoménales, dans sa magie aurait dit Moram, pour proposer une solution adaptée. Les derniers hommes n'avaient que leur instinct de survie à lui opposer, un acharnement à vivre qui enrayait parfois sa mécanique mais, tôt ou tard, ils seraient balayés de la même manière que la civilisation de l'ancien temps avait été laminée par les bombes à effets successifs et les armes génétiques.

Solman s'immobilisa à cinq ou six pas de l'ange et transféra tout le poids de son corps sur sa jambe valide. Malgré le froid, il transpirait en abondance sous sa canadienne. Les chiens grondaient en sourdine, frustrés sans doute de ne pas pouvoir se jeter sur cette proie venue d'elle-même s'offrir à leur convoitise.

Kadija franchissait la partie dégagée du plateau d'une allure soutenue. Elle s'était débarrassée de plusieurs couches de ses vêtements et n'avait gardé sur elle que sa robe. Elle faisait à Solman l'effet d'une apparition surnaturelle dans la lumière vibrante du soleil réfléchie par la neige. Il ressentait maintenant une joie profonde qui effaçait ses douleurs et ses peurs, qui éclairait les zones d'ombre, qui redonnait un sens à son errance, qui, par contraste, dévoilait la véritable nature des chiens et de l'ange. La férocité des uns et la beauté androgyne de l'autre ne renfermaient que des créatures mécaniques, sans âme, sans flamme. Il captait, venant de l'arrière, les notes d'inquiétude et d'espoir des Aquariotes massés à l'intérieur du mur rutilant des camions.

Kadija traversa la horde sans prêter attention aux formes sombres disséminées dans la neige. Elle se dirigea d'abord vers Solman et, arrivée près de lui, lui caressa la joue du dos de la main avec un sourire dont la chaleur inhabituelle le fit frissonner de la tête aux pieds.

« Solman... »

Elle avait prononcé son nom comme un soupir de regret, d'une voix tellement basse qu'il crut l'avoir confondue avec un murmure du vent ou le gémissement d'un chien. Hébété, étourdi par la chaleur de la jeune femme, il prenait conscience qu'elle avait aboli en partie les distances, mais il se montrait incapable de répondre à son sourire et au contact de sa main. L'ange les contemplait sans qu'un voile de trouble ou une lueur d'intérêt ne daigne ajouter une touche d'humanité à son regard. Leur comportement ne paraissait ni l'étonner, ni le contrarier, encore moins le réjouir, il restait impassible, comme un soldat attendant les ordres. Le silence isolait le plateau du reste du monde, étouffait tout bruit parasite qui aurait nui à la pureté de leur échange.

Solman devinait qu'elle avait dû, pour venir à lui, renier en partie sa nature et surmonter la terreur incommensurable qui gisait dans sa mémoire cachée. De la même façon que les obligations de donneur le poussaient sans cesse à s'élever au-dessus de la condition humaine, elle avait dû s'affranchir de sa propre condition pour descendre vers lui, pour... s'humaniser. Ils s'attiraient comme la lumière attire l'ombre, comme les ténèbres révèlent les étoiles, ils avaient besoin l'un de l'autre pour relier le ciel et la terre, le jour et la nuit, le vide et la matière, le passé et l'avenir.

Elle se détourna et s'avança vers l'ange. Au bout de quelques minutes d'un silence que Solman interpréta comme une communication silencieuse, l'ange mit un genou à terre et inclina la tête, dans une attitude de soumission totale qui évoquait l'adoration d'une créature pour une déesse. Le donneur avait maintenant la confirmation que Kadija appartenait au monde de l'intelligence destructrice, mais qu'elle s'y était opposée pour une raison encore indéterminée. L'ange la reconnaissait en tout cas comme une entité supérieure, et, à bien les observer, l'évidence s'imposait que son apparence n'était que le reflet imparfait, incomplet, de la jeune femme. Les cheveux étaient de la même soie bouclée et noire, la peau de la même texture, les traits avaient la même finesse, mais quelque chose d'indéfinissable, la lumière du regard peut-être, traduisait leur appartenance à des niveaux différents de la hiérarchie. Les oreilles baissées, la queue repliée, les chiens poussaient des aboiements sourds, plaintifs.

L'ange se releva au bout de quelques minutes et, sans qu'il esquisse un geste, sans qu'aucun son franchisse ses lèvres, les chiens sautèrent sur leurs pattes et s'éloignèrent en sa compagnie vers le bord du plateau.

« Ils ne vous feront plus de mal. »

Kadija avait parlé sans se retourner mais, cette fois, Solman avait parfaitement discerné le son de sa voix, une voix dont le timbre harmonieux, envoûtant, se devinait sous les hésitations.

« Ils vous... ils nous aideront, poursuivit-elle. Je leur ai demandé d'être nos gardiens. »

Solman s'approcha d'elle, le cœur battant. Elle avait recouvré – ou découvert – l'usage de la parole, et même si ce mode de communication était moins précis que la vision ou la pensée, il aurait le mérite de faciliter leurs rapports. Tant de questions se pressaient dans sa gorge qu'il ne savait pas par laquelle commencer.

« Comment... Pourquoi t'obéissent-ils ? »

Elle lui lança, par-dessus son épaule, un regard où il lui sembla entrevoir de la mélancolie.

« Je suis marquée du Sceau. Ils me reconnaissent.
— Quel sceau ?
— Le Sceau des Justes. Les êtres intermédiaires sont ainsi conçus qu'ils ne peuvent pas déplaire aux Saints.

— Pourquoi t'obéiraient-ils à toi, et pas à l'intelligence destructrice ? »

Kadija le considéra pendant quelques instants avec une expression qui oscillait entre intérêt et perplexité.

« L'intelligence destructrice ?

— Celle qui a déclenché l'Apocalypse. Qui s'acharne à tuer les derniers hommes, à effacer toute trace de l'humanité sur cette terre. Qui commande aux anges, aux hordes de chiens, aux Slangs, à la végétation, aux éléments... »

Elle recula d'un pas, comme frappée par la précipitation rageuse avec laquelle il avait craché ces mots.

« Nous devons partir, dit-elle au bout d'un long moment de silence. Nous mettre à l'abri.

— Elle nous traque où que nous allions ! » s'écria Solman.

Elle se rapprocha de lui et, à nouveau, lui effleura la joue. Un sentiment de pudeur le retint de se jeter dans ses bras, dans sa beauté, dans son odeur.

« Benjamin nous aidera à trouver une solution. »

Elle désigna, d'un mouvement de tête, les points décroissants et sombres de l'ange et de la horde absorbés par la blancheur aveuglante de la neige.

« Eux n'ont pas d'autre choix que de m'obéir.

— Qui sont-ils ?

— Les serviteurs chargés de préparer la demeure des Saints.

— Si les... Saints refusent de partager la terre avec les derniers hommes, c'est qu'ils ne sont pas aussi saints qu'ils le prétendent ! »

Elle marqua un deuxième temps de silence. Ses cheveux tiraient des rideaux soyeux et fuyants sur son visage. La légère crispation de ses lèvres et les mouvements désordonnés de ses mèches faisaient ressortir la pureté irréelle de ses traits.

« La sainteté représente un degré d'évolution supérieur à celui de l'humanité, finit-elle par répondre. De la même manière que les mammifères ont supplanté les dinosaures, les Saints sont destinés à remplacer les hommes.

— En ce cas, pourquoi est-ce que tu nous viens en aide ?

— Je ne sais pas encore. Je sais seulement que je suis ici pour continuer ce que ma sœur a commencé.

— Qui es ta sœur ?

— J'ai perdu sa trace. Je crois qu'elle est... morte. »

Son hésitation n'échappa pas à l'attention de Solman.

« Sa mort n'était pas prévue, n'est-ce pas ? »

Elle ne répondit pas. La disparition de sa sœur la perturbait, ébranlait quelques-unes de ses certitudes.

« Qu'est-ce qu'elle a commencé ? insista Solman.

— Benjamin a éprouvé le besoin de l'envoyer sur Terre parce que les Saints de la tribu ressentaient un trouble, un manque. Quelque chose d'indéfinissable. Ils... nous espérions qu'elle pourrait trouver les raisons de ce malaise sur Terre.

— Où est ta tribu ? Dans l'espace ?

— Je ne suis pas autorisée à te le dire. Nos règles de sécurité sont très strictes. Nous perdons du temps. Nous devons partir maintenant. »

Elle pivota sur elle-même et se dirigea vers les camions. C'est alors seulement qu'il se rendit compte qu'elle ne portait plus de chaussures, qu'elle marchait pieds nus dans la neige. Il la rattrapa au prix d'un effort qui raviva la douleur à sa jambe gauche.

« Encore une chose, haleta-t-il. Pourquoi as-tu attendu tout ce temps avant... avant de parler ?

— Parler est un mode de communication archaïque, répondit-elle sans modifier son allure. Parler transforme les structures mentales. Tu utilises parfois le langage pur de l'esprit, Solman, mais tu es aussi et surtout un homme. Parler risque de me couper de la tribu, mais je n'ai pas d'autre choix si je veux me rapprocher de toi.

— Rien ne t'oblige à te rapprocher de moi. »

Elle s'arrêta cette fois et le fixa avec une intensité brûlante.

« Rien, en effet. Peut-être est-ce ce qui donne de la valeur à mes actes. Mais je ne parlerai à personne d'autre que toi : je n'ai pas envie de me rapprocher des autres. »

Après avoir traversé le plateau, le convoi avait emprunté une piste qui s'étirait en larges méandres entre les reliefs d'un versant. En fait de piste, il s'agissait d'un sillon d'une dizaine de mètres de largeur qui était peut-être le lit d'une ancienne rivière ou encore un chemin creux labouré par les passages réguliers de troupeaux de vaches sauvages. L'épais tapis de neige n'empêchait pas les pierres et les ornières, à certains endroits aussi profondes que des ruisseaux, de cahoter camions, voitures et remorques.

Les branches basses de sapins aux aiguilles noires ou d'autres arbres pétrifiés barraient de temps à autre le passage. Moram donnait alors trois coups de sirène, attendait que les autres chauffeurs arrivent avec des haches et des scies, puis descendait pour les aider à couper les branches parfois plus dures que du béton. Solman les voyait s'agiter avec une frénésie décuplée par la présence des chiens qui suivaient les camions à distance et pointaient le museau dès que le convoi s'immobilisait. Le donneur leur avait assuré qu'ils n'avaient désormais plus rien à craindre de la horde, mais leurs peurs, telles des harpies, revenaient les harceler lorsque les molosses se glissaient comme des ombres entre les troncs et surgissaient à quelques pas d'eux, la gueule entrouverte, la langue pendante, les crocs dégagés.

« Une chose est sûre, fit Moram après s'être installé sur son siège. On n'aura pas assez de gaz pour atteindre la réserve de l'Ile-de-France. »

Il lança un regard perplexe à Kadija, qui avait pris la place de Glenn sur la banquette. Convaincre le garçon qu'il lui fallait retourner dans la voiture auprès de sa mère adoptive n'avait pas été une tâche facile. Solman s'y était employé en lui promettant de lui rendre visite à la première halte prolongée.

Le chauffeur enfila sa veste, poussa un long soupir et but une gorgée de kaoua avant de démarrer.

« Dire qu'on ne sait même pas où mène cette foutue piste », ajouta-t-il en reposant le thermos dans le compartiment de la portière.

Elle menait au fond d'une vallée encaissée, cernée de part et d'autre par des parois abruptes et hérissées de saillies rocheuses. Ils roulèrent avec une lenteur exaspérante sur une neige dure, face au vent violent qui s'engouffrait en mugissant dans la calandre et dominait par instants le ronflement du moteur. Ici régnait la désolation de l'hiver, une pénombre persistante, lugubre, un froid exécrable qui transformait les rares arbustes en squelettes, qui armait le moindre relief de stalactites de glace plus affûtées que des lames.

« Un vrai putain de coupe-gorge », marmonna Moram.

Il jetait des coups d'œil réguliers par la vitre pour surveiller la progression des chiens étirés en colonnes sur les lignes des crêtes. Bien que la question lui brûlât les lèvres, il n'avait pas osé demander à Solman comment la fille s'y était prise pour retourner l'ange et sa meute. Son intervention miraculeuse évoquait les pouvoirs des sorcières qui hantaient les légendes aquariotes, la Chuine, par exemple, à qui il suffisait de pointer l'index sur les nuages pour déclencher une pluie de sang, ou encore la Vanette, qui transformait tout ce qu'elle touchait en cendres froides... Moram ne l'aurait jamais avoué, même sous la torture, mais, dans sa petite enfance, les histoires que racontaient les anciens lors des longues veillées d'été l'avaient terrorisé au point d'en perdre l'appétit et de se cacher des journées entières sous les draps. La crainte sournoise que lui inspirait Kadija montrait qu'il subissait toujours l'influence de ses frayeurs d'enfant, et cette constatation n'arrangeait pas un moral déjà mis en berne par le paysage sinistre, l'impression de rouler sans but et la solitude à laquelle le condamnait le mutisme obstiné de ses deux passagers. Il se raccrochait à ce qu'il pouvait, en l'occurrence au visage de Hora, mais les joues pleines et le sourire timide de la jeune sourcière ne réussissaient pas à le délivrer d'une morosité qui l'imprégnait jusqu'aux os.

Solman avait capté des bribes de la communication que Kadija avait établie avec sa tribu, puis sa fatigue, accentuée par les bercements du camion, avait brouillé sa vision et l'avait peu à peu plongé dans une torpeur cadencée par les soupirs et les jurons de Moram. Le ressac obsédant de ses pensées le ramenait sans cesse vers la nuit cauchemardesque de l'assassinat de ses parents, vers le souffle de l'homme tapi derrière la toile de sa chambre. Les paroles prononcées par mère Katwrinn juste avant son exécution se superposaient à ses souvenirs et le maintenaient dans un engourdissement boueux, nauséeux. Seule une nouvelle conversation avec Wolf pourrait trancher le lien qui le retenait dans le passé, qui l'empêchait de prendre son envol, mais le Scorpiote n'avait pas donné signe de vie et, même s'il avait l'habitude de ces longues phases de clandestinité, de cette « existence de fantôme » selon ses propres termes, Solman redoutait qu'il n'eût préféré le silence définitif à l'exhumation de la vérité.

« Bordel, du monde devant ! »

L'exclamation de Moram, associée à un coup de frein brutal et aux trois coups de sirène réglementaires, produisit sur Solman l'effet d'un électrochoc. Il rouvrit précipitamment les yeux, eut besoin de quelques secondes pour reprendre pied dans la réalité, pour apaiser son souffle et les battements désordonnés de son cœur. Une sueur abondante, haïssable, collait ses sous-vêtements à sa peau et lui donnait l'impression de mariner dans un bain de miasmes.

« On est coincés dans cette saloperie de goulet, grogna Moram. On peut même pas faire demi-tour. J'aime pas ça. »

Kadija n'avait pas réagi, comme si cette alerte ne la concernait pas. Le défilé baignait dans une pénombre indéchiffrable, scindée, entre les crêtes des parois, par le ruban bleu pâle du ciel. Solman distinguait à présent des formes imprécises et mouvantes dans le lointain. Il ne ressentait pas de douleur au ventre, mais un mal-être sournois se diffusait dans les moindres recoins de son corps.

Des cascades noir et feu dévalèrent les parois de la gorge : les chiens sautaient de rocher en rocher avec une telle rapidité, une telle agilité, une telle cohérence qu'ils se fondaient dans un mouvement ondoyant et compact.

IV

« Arrête les chiens, Kadija ! » hurla Solman.

Les formes étaient encore floues, mais sa vision lui avait montré des images fugaces d'hommes, de femmes et d'enfants à l'intérieur de chariots bâchés tirés par des attelages de bœufs.

« Tu perds la tête ! protesta Moram. Et si c'étaient ces salopards de Slangs ?

— Arrête les chiens », reprit Solman d'une voix suppliante.

Kadija ne bougea pas, aucune expression ne troubla son visage, mais les chiens, dont une centaine avait déjà atteint le fond de la gorge, cessèrent de courir et se figèrent dans une posture d'attente, les pattes tendues, la tête rentrée dans les épaules, la gueule entrouverte.

Moram lança un regard stupéfait à la jeune femme : l'immobilisation subite de la horde le renforçait dans sa conviction qu'elle était une magicienne, une sorcière. Il tritura avec nervosité la crosse de son revolver. Depuis que les circonstances l'avaient poussé à se glisser dans l'intimité du donneur, il se sentait dépassé par les événements, il avait l'impression qu'une porte s'était ouverte dans le ciel par laquelle s'engouffraient les personnages des légendes aquariotes et de ses cauchemars enfantins. Il repoussa la tentation d'allumer les phares et d'éclairer la gorge où les ombres grises s'agitaient comme les tentacules d'un monstre. Un froid pénétrant dispersait les derniers nids de chaleur et s'installait en maître dans la cabine.

« Faudrait qu'elle m'explique un jour comment elle fait pour commander à ces... à cette meute sans ouvrir la bouche, marmonna le chauffeur.

— L'univers est régi par des lois que nous ne connaissons

pas, dit Solman. Ce n'est pas parce qu'on ignore certaines choses qu'elles n'existent pas. »

Moram désigna Kadija de son revolver.

« Peut-être, mais elle me flanque la frousse. »

Solman posa l'index sur le canon de l'arme.

« La tuer ne te délivrerait pas de tes peurs. Pas davantage que le sang versé n'a assouvi la faim de pouvoir des pères et mères aquariotes. Pas davantage que sa tentative de viol n'a délivré Chak de ses obsessions. »

Moram ouvrit la bouche, hésita, s'absorba dans la contemplation de la veine sombre du goulet, des formes qui émergeaient peu à peu de l'obscurité, puis remisa son revolver dans la ceinture de son pantalon.

« J'ai un putain de grand corps, des muscles épais, on me croit fort, courageux, et, pourtant, il ne se passe pas une minute dans cette chierie de vie sans que je sois bouffé par la trouille ! »

Un voile de tristesse avait glissé sur ses traits et allumé des lueurs humides dans ses yeux.

« Je l'ai jamais dit à personne, boiteux, mais, dans le fond, je suis resté le gamin que le moindre coup de vent effrayait. Je pensais peut-être... je pensais qu'en ta compagnie, j'apprendrais à ignorer les foutus démons qui me rognent les tripes, mais c'est le contraire qui se produit, ces salopards prennent de plus en plus de place.

— Je ne peux pas te débarrasser de tes peurs, Moram, j'ai déjà assez à faire avec les miennes. Il faut seulement que tu les acceptes. Elles grossissent à ton insu si tu les refuses.

— Ouais, tu m'as déjà dit un truc comme ça... J'arrive pas à me regarder avec les yeux de l'amour, putain, non, j'y arrive pas.

— Regarde-toi déjà avec humour, tu auras fait le premier pas. »

Le chauffeur frissonna, remonta le col de sa veste et se rencogna sur son siège. Il pesta intérieurement contre les intrus qui, quels qu'ils fussent, l'avaient obligé à s'immobiliser et à couper le moteur, donc le chauffage. Allez donc vous regarder avec humour quand vous êtes coincé dans un froid et un paysage pareils, veillé par des chiens qui peuvent vous couper en deux d'un seul coup de mâchoires, accompagné d'une fille qui ne prononce pas un traître mot et qui pourtant commande aux cohortes des anges, guidé par un donneur qui lit en vous aussi clairement que dans une source d'eau et vous renvoie impitoyablement à vos contradictions... Comment trouver de l'humour à une existence marquée par la mort, la peur, la fuite, la désespérance ? Comment plaisanter sur les cadavres de ses parents à demi déchiquetés par une mine à fragmentation des hommes de l'ancien temps ? Comment sourire d'une enfance passée dans un monde où chaque plante est une meurtrière en puissance, où chaque gorgée d'eau peut vous emporter en quelques secondes, où chaque bosquet cache une horde d'animaux sauvages ou un essaim d'insectes[GM] ? Où aucun bras, aucune poitrine ne vous étreint pour vous rassurer, vous protéger, vous consoler ? Où la solitude est la seule compagne de vos nuits désespérantes ? Où le culte des absents se traduit par un besoin obsessionnel de séduire les femmes, de les posséder, puis de les quitter sans laisser d'empreintes afin de s'épargner de nouvelles déceptions ?... Oui, bon Dieu, comment avoir de l'humour sur cette putain de vie ? Est-ce qu'une fille comme Hora pourrait vraiment aimer un homme comme lui ? Est-ce qu'il pouvait vraiment avoir confiance en une femme comme Hora ?

Les formes approchaient du camion, et Moram ne les discernait toujours pas. La faute n'en était pas à l'obscurité mais aux larmes qui lui brouillaient la vue. Vaguement honteux, il se redressa et s'essuya les yeux d'un revers de main rageur. Des images et des sensations lui vinrent instantanément à l'esprit lorsqu'il distingua les attelages de bœufs et les chariots en bois : les plaines du Nord battues par un vent chargé d'iode, les maisons sur pilotis dressées comme des échassiers au bord d'une mer grise, les digues à demi éventrées, les odeurs de fumier, de crottin, de céréales fermentées...

« On dirait des Sheulns, souffla-t-il.

— Ce sont des Sheulns », confirma Solman.

Moram apercevait à présent le chapeau, les vêtements et la longue barbe du conducteur assis sur le banc du premier chariot. Il entrevoyait, par l'entrebâillement des bâches, la mante grise et coiffe ronde d'une femme penchée sur ce qui pouvait être un berceau. Les reliefs en arc-de-cercle de leurs côtes se découpaient sur les flancs des bêtes, qui marchaient d'un pas pesant, la tête penchée vers l'avant, les cornes recouvertes d'un manchon de cuir. À première vue, une quinzaine d'attelages avançaient ainsi au rythme lancinant d'une procession funéraire.

« Ça leur a fait un bon millier de kilomètres depuis là-haut, murmura Moram. En plein hiver...

« — Allons à leur rencontre avant que les chiens n'effraient leurs animaux », proposa Solman.

Moram s'astreignit à surmonter sa crainte des chiens pour suivre Solman et Kadija. Il prit garde, toutefois, à ne pas frôler, même par mégarde, le flanc de l'un des molosses qui, debout dans la neige, guettaient le signal de la curée. Aussi figée que la roche, une partie de la horde se tenait sur les excroissances étagées des parois telle une armée de gargouilles. Dehors, le vent, virulent, irascible, trouait le cuir épais des vestes et des bottes avec la même facilité qu'il aurait transpercé des tricots de mailles. Il gonflait la robe de Kadija comme une voile, dévoilait par instants ses jambes et ses pieds nus, mais la température, qui selon les estimations de Moram oscillait entre moins vingt et moins trente degrés, semblait n'avoir aucun effet sur elle – le chauffeur interpréta cette insensibilité au froid comme une nouvelle preuve des pouvoirs surnaturels de la jeune femme.

Le Sheuln tira sur les rênes lorsqu'il vit les trois silhouettes s'avancer dans sa direction. Il eut un instant d'hésitation puis plongea la main dans la poche de son lourd pardessus de laine et l'en ressortit avec un pistolet rouillé.

« Je croyais que ces cromagnons refusaient de toucher le métal », murmura Moram qui, sous sa veste, empoigna discrètement la crosse de son revolver.

Solman écarta les bras pour signifier au conducteur de l'attelage qu'il n'avait rien à craindre d'eux. Les bœufs, épuisés, squelettiques, n'avaient même plus la force de relever la tête. Le bois du joug avait imprimé des marques profondes, purulentes, sur le cuir de leur cou. Le Sheuln cracha une salve de mots dont les sonorités gutturales accentuaient l'inflexion menaçante.

« Nous sommes Aquariotes, cria Solman. Est-ce que vous parlez français ? »

Pour toute réponse, le Sheuln braqua son pistolet sur ses trois vis-à-vis et continua de libérer un flot incompréhensible jusqu'à ce que la femme passe la tête par l'entrebâillement de la bâche. Elle lui frappa le bras pour le contraindre à baisser son arme et à se taire, puis elle descendit du chariot par le marchepied, longea le limon et s'avança vers eux d'une démarche vacillante.

« Ya, je, parler français, petit peu », dit-elle d'une voix éteinte.

Ses yeux brillaient de fièvre sous ses arcades sourcilières

saillantes. Son visage n'était plus qu'un lacis de creux et de reliefs souligné par la sévérité de son chignon enfoui sous sa coiffe. Sa jeunesse se devinait en filigrane sous le vernis d'usure qui donnait à sa peau une teinte grisâtre, maladive. Sa mante et sa robe, toutes les deux faites d'une laine grossière, répandaient une âpre odeur de mouton.

« Pourquoi vous êtes-vous lancés sur les pistes en plein hiver ? » demanda Solman.

Un froncement prolongé des sourcils indiqua qu'elle n'avait pas compris la question. Solman la lui reposa, plus lentement, en détachant chacune de ses syllabes.

« Ya... Nos maisons, nos récoltes, détruites, notre peuple, tué, nous partir avant être tués...

— Qui vous a attaqués ?

— Chiens tuer hommes, enfants, Slangs violer femmes, filles, puis tuer elles, mettre feu maisons.

— Comment leur avez-vous échappé ?

— Nous, radeaux, suivre canaux ancien temps, arriver milieu France, puis canaux gelés, suivre piste vers Sud, grand rassemblement.

— Les Slangs ne vous ont pas retrouvés ?

— Nein, nein. Seuls chiens sauvages suivre nous, voler réserves, tuer hommes et femmes, prendre enfants... »

Elle éclata en sanglots, et Solman vit qu'elle avait perdu deux de ses enfants au cours de leur périple, l'un dévoré par les chiens sauvages – et non par les soldats de l'intelligence destructrice –, l'autre emporté par la faim. Sa coupe, à nouveau, déborda de cette compassion amère qu'il avait ressentie devant Irwan et les Aquariotes rassemblés sur la place de la ville fortifiée. Les Sheulns avaient beau être des fanatiques du retour au naturel et déverser leur mépris sur les autres peuples, ils restaient avant tout des hommes, des pères, des mères, des enfants frappés cruellement dans leur chair. Leur exode, ainsi que celui des Aquariotes, ne connaîtrait pas d'autre issue que la mort si les derniers hommes ne trouvaient pas le moyen de neutraliser l'intelligence destructrice, d'enrayer cette force insaisissable qui, selon l'expression du prêtre bakou, se resserrait sur eux comme les pinces d'un crabe. La présence du pistolet montrait en tout cas qu'ils avaient déjà renoncé à quelques-uns de leurs principes, que les épreuves avaient commencé à fissurer leur armure de rigidité.

« Vous n'avez plus d'eau, plus de vivres ?

— Nein. Beaucoup malades. Presque morts.

— Et les douze chefs de familles, où sont-ils ? »

Elle secoua la tête avec lassitude.

« Slangs clouer têtes tous les sheulns sur... bois, piquets.

— Quel est votre nom ?

— Jeska.

— Eh bien, Jeska, que diriez-vous d'abandonner vos chariots et de venir avec nous ? »

Du coin de l'œil, Solman entrevit la grimace de réprobation de Moram.

« T'es cinglé ! On a même plus assez de réserves pour nous !

— C'est le moment ou jamais de faire confiance à notre mère Nature, répliqua Solman. Ils sont aussi ses enfants.

— Ouais, mais ces cromagnons ne sont pas nos frères ! À part le jour où nous leur livrions leur eau, ils passaient leur temps à nous pisser dessus ! »

Leurs voix prenaient de l'ampleur au fond de la gorge, volaient sur les rafales de vent, se prolongeaient en échos assourdis entre les parois.

« Les temps ont changé, Moram. Ce que nous n'avons pas réussi à faire au grand rassemblement, nous avons l'occasion de le faire ici.

— Tu parles d'un rassemblement ! ricana Moram. Une poignée de fanatiques à moitié dingues et aux trois quarts morts de faim... »

Les yeux délavés, effarouchés, de la femme sheuln allaient de l'un à l'autre avec un temps de retard, se posant parfois sur Kadija comme pour l'implorer d'intervenir, de l'aider à saisir. La méfiance fermait toujours le visage de l'homme assis sur le banc du chariot.

« Vu leur état, leurs bœufs ne les mèneront pas loin, dit Solman. Nous pourrions les abattre, nous disposerions d'une réserve de bonne viande.

— De la carne, oui ! Et puis, la place nous manque, boiteux. Les voitures sont déjà surchargées. »

Solman se tourna pour enfoncer son regard dans celui du chauffeur.

« De quoi as-tu encore peur, Moram ?

— Pourquoi est-ce que tu me parles de ça maintenant ? Qu'est-ce que la peur a à voir... »

Moram se tut, comme frappé par une soudaine évidence. La peur, oui, bien sûr, la peur de manquer, la peur de l'inconnu, la peur de l'avenir, la peur rapace, omniprésente, qui s'accrochait à chaque pensée, à chaque action... Il baissa la tête en signe de capitulation.

Solman réitéra sa proposition à la femme sheuln, qui, après avoir indiqué qu'elle avait compris, s'adressa à l'homme, son mari sans doute, en neerdand. Une vive discussion les opposa, lui refusant manifestement de se compromettre avec des êtres qui symbolisaient la dépravation technologique, elle, plus pragmatique, saisissant l'offre des Aquariotes comme un cadeau inespéré, comme une possibilité de sauver la vie de leur dernier enfant. Les éclats de voix attirèrent les Sheulns des autres chariots, hommes et femmes, tous maigres, maladifs, vêtus de hardes puantes, parfois réduites à l'état de loques. Ils se firent expliquer de quoi il retournait et se mêlèrent aussitôt de la conversation, s'interrompant quelquefois pour lancer des regards tantôt haineux tantôt curieux aux trois représentants du peuple aquariote. Solman n'avait pas besoin de saisir le neerdand pour se rendre compte qu'ils se divisaient en deux camps, celui des hommes, prêts à sacrifier leur vie et la vie des leurs sur l'autel des dogmes, celui des femmes, qui, parce qu'elles souffraient pour la donner, plaçaient la vie au-dessus de toute autre valeur. Elles criaient plus fort que leurs maris, comme toutes les femelles du monde animal prêtes à griffer, à mordre, à tuer pour assurer la sauvegarde de leurs petits.

« Qui a peur en ce moment ? grogna Moram. Eux ou moi ?

— Les maris ne veulent pas lâcher sur les principes, mais ils finiront par céder, dit Solman. Ils ne peuvent pas arrêter le cours de la vie.

— C'est pas comme cette... comment tu l'appelles, déjà ?... cette saloperie d'intelligence destructrice !

— Elle, elle cherche plutôt à imposer une nouvelle forme de vie. Et elle est guidée par une autre peur : la peur de l'humanité. »

Les femmes sheulns finirent par obtenir gain de cause et chargèrent Jeska, la seule francophone du groupe, d'en informer Solman.

Il fallut dégager le défilé et, pour cela, égorger les bœufs et démolir les chariots à coups de masse et de hache. Les chiens s'en étaient retournés sur les crêtes, escaladant les parois avec la même agilité qu'ils les avaient dévalées. La réaction des Aquariotes surprit Solman lorsqu'il leur annonça qu'ils devraient encore se serrer pour accueillir des rescapés sheulns. Le peuple de l'eau, rassemblé devant le camion de tête, n'émit aucune récrimination, aucune restriction. Les hommes allèrent chercher les outils dans les remorques et les femmes invitèrent les épouses sheulns à se rendre de voiture en voiture afin de redistribuer les places.

Puisque la halte se prolongeait, on décida de rôtir un bœuf sur place en utilisant le bois des chariots. On l'embrocha avec un limon taillé en pointe et posé sur les moyeux de deux roues accotées aux parois. Les hommes sheulns, qui s'étaient d'abord tenus à l'écart pour manifester leur désapprobation, vinrent peu à peu se joindre aux Aquariotes et se réchauffer à la chaleur des braises. Après inventaire de leurs maigres ressources, ils avaient dû admettre qu'ils n'avaient pas vraiment le choix : il ne leur restait pratiquement plus d'eau, plus de vivres, les enfants en bas âge souffraient de déshydratation et de fièvre, bon nombre d'adultes et d'adolescents, pris de vomissements et de diarrhées, n'auraient sans doute pas passé deux jours... Ils avaient également dû reconnaître que la Grâce Divine de leur prophète et martyr, Andréas Sheuln, s'était détournée d'eux. L'offensive brutale des Slangs avaient brisé leur vieux rêve d'une terre rendue à sa pureté originelle et de la réunion des douze tribus. Du peuple arrogant qui avait fertilisé les plaines du Nord, ne subsistaient qu'une petite centaine de survivants qui avaient eu la chance de se trouver, au moment de l'attaque, près des radeaux avec lesquels ils transportaient leur bétail sur les étendues d'eau des anciens polders. Ils y avaient entassé en hâte leurs familles, leurs attelages, quelques barriques d'eau, des vivres, et s'étaient lancés dans une navigation hasardeuse sur le réseau fluvial légué par les hommes de l'ancien temps. Puis l'embâcle les avait contraints à abandonner les embarcations et à parcourir les pistes gelées du centre de la France dans l'espoir de gagner le lieu du grand rassemblement, harcelés par les meutes de chiens sauvages, ignorant que l'extermination s'était étendue à l'ensemble des peuples nomades.

La guérisseuse étant dans l'incapacité d'exercer, Glenn se chargea de soigner les malades, assisté d'Ibrahim qui avait gardé quelques notions de médecine de son passé de savant. Solman repoussa une nouvelle fois le moment de rendre visite à Raïma. Sans doute y avait-il de la lâcheté dans sa procrastination, mais il se saisissait de tous les prétextes pour remettre une entrevue qu'il pressentait particulièrement pénible.

Le vent répandait une odeur de bois brûlé et de viande grillée. Le bleu du ciel s'assombrissait et annonçait le court intermède du crépuscule avant le déploiement de la nuit. Solman chercha Wolf pendant un bon moment, puis, ne le trouvant pas, grimpa dans la cabine du camion de tête où s'était réfugiée Kadija. L'odeur froide de Moram flottait dans l'air confiné. Les braises rougeoyaient dans la pénombre de la gorge, effleurant les silhouettes d'hommes et de femmes, Aquariotes et Sheulns, affairées à découper les carcasses des bœufs. On avait précieusement recueilli le sang des animaux dans des jarres de terre cuite alignées au pied de la paroi.

« C'est étrange, dit Kadija avant même que Solman n'ait eu le temps de s'asseoir sur le siège et de détendre sa jambe douloureuse. Les croyances de ce peuple, les Sheulns, évoquent les douze tribus, l'espoir de retrouver le paradis perdu...

— Comment le sais-tu?

— Je les ai entendus parler.

— Tu comprends le neerdand?

— Le neerdand n'est qu'un mélange de trois anciennes langues de la Terre, et je les comprends toutes. On dirait que leur prophète, Andréas Sheuln, a repris à son compte toutes les idées de l'*Eskato*.

— À moins que ce ne soit l'inverse. »

Solman se rapprocha d'elle et lui entoura les épaules de son bras. Elle résista un peu avant de s'abandonner sur son épaule.

« Si tu me parlais de l'*Eskato*... » murmura-t-il.

Elle ne répondit pas. Il se laissa bercer par le rythme régulier et bienfaisant de son souffle sur son cou.

V

Les camions roulaient à faible allure entre les collines blanches. Plus question de suivre les pistes désormais – lesquelles étaient d'ailleurs ensevelies sous la neige et ne proposaient plus aucun point de repère –, on coupait au plus droit par les paysages vallonnés du centre de la France.

Prochaine étape : les ruines d'une ville de l'ancien temps appelée Tours, sur les rives du fleuve qui s'était autrefois appelé Loire et que les Aquariotes avaient rebaptisé « Bord de Sud ». D'après Kadija, une grande quantité d'essence gisait là-bas, une énergie liquide qui pourrait, selon Ibrahim, se substituer au gaz à condition de modifier les réservoirs et les réglages des moteurs.

Kadija avait confié à Solman que Benjamin lui avait proposé cette solution après avoir analysé les raies spectrales émises par la réserve souterraine. En revanche, Benjamin n'avait pas trouvé de traces du relais des Portes de l'Oise : la déflagration qui avait secoué cette région de la France quelques jours plus tôt, générant une onde de lumière et de chaleur parfaitement décelée par les capteurs atmosphériques, signifiait selon toute probabilité que les légions de l'Apocalypse avaient fait sauter les cuves de gaz liquide. D'autres explosions avaient suivi celle-ci, moins importantes, échelonnées, réparties sur tout le territoire européen. Solman en avait déduit que les Slangs, les solbots ou d'autres soldats de l'intelligence destructrice avaient localisé puis détruit tous les relais aquariotes. Une course de vitesse s'était maintenant engagée entre le peuple de l'eau et ses adversaires, les uns voulant mettre la main sur la réserve d'essence de Tours, la dernière possibilité de ravitaillement des camions, les autres cherchant vraisemblablement à l'anéantir.

Les chauffeurs avaient pris la décision de rouler sans s'arrêter. Ils ingurgitaient des litres de kaoua pour dissiper une
fatigue que ne réussissaient pas à chasser les deux heures de
pause nocturne qu'ils s'accordaient. Les chiens et l'ange,
répartis en deux colonnes de chaque côté du convoi, suivaient
le rythme sans difficulté. Les Aquariotes commençaient à
s'habituer à leur présence, de la même façon que les rescapés
sheulns commençaient à se familiariser avec les us et cou-
tumes de leurs hôtes. On voyait, lors des courtes haltes, les
femmes s'habiller de tenues vives, libérer leurs cheveux, donner le sein en public, plaisanter par gestes avec les chauffeurs, participer activement aux tâches quotidiennes, on
voyait les hommes tailler leurs longues barbes, se dépouiller
de leur austérité, essayer leur français balbutiant sur les
femmes aquariotes, on voyait les enfants des deux peuples
courir ensemble vers les chiens qu'ils osaient approcher et
caresser comme des animaux domestiques. Quelquefois les
camions, les voitures ou les remorques s'embourbaient dans
la neige, par endroits très meuble. On creusait alors, avec des
pelles, un large cratère autour du véhicule immobilisé, puis
on glissait des bûches sous ses roues, on accrochait des
cordes à ses montants métalliques et on tirait à trente ou qua-
rante pour aider l'attelage à se sortir de son enlisement.

Glenn avait imploré à plusieurs reprises son grand frère de
rendre visite à sa mère adoptive, mais, à chaque fois, Solman
avait décliné l'invitation pour une raison ou une autre, mau-
vaise le plus souvent, et le garçon s'était éloigné la tête basse,
les larmes aux yeux. Glenn n'aurait pas d'enfance lui non
plus : endosser à six ans le rôle de guérisseur du peuple de
l'eau lui retirait à jamais sa part d'insouciance. Il se débrouil-
lait plutôt bien dans ses nouvelles fonctions, étonnant Ibrahim par l'étendue de ses connaissances et la sûreté de son
diagnostic. Il avait déjà remis sur pied la plupart des adultes
sheulns et maintenu en vie des enfants en bas âge que leurs
ventres ballonnés et leurs membres affreusement maigres
semblaient promettre à la mort. Il serait bientôt confronté à
la pénurie d'herbes et de préparations, et il devrait attendre le
printemps pour recueillir les plantes et les minéraux que lui
avait appris à reconnaître sa mère adoptive. Même s'il s'en
voulait de le décevoir, Solman ne se résolvait pas à s'introduire dans la voiture où gisait Raïma. Il n'avait pas affronté
toutes ses peurs lui non plus, il esquivait un peu trop facile-

ment les miroirs qui lui renvoyaient des images dérangeantes. Pourtant, il en était conscient, chacune de ses dérobades accentuait son mal-être, troublait sa clairvoyance, l'éloignait un peu plus de lui-même.

« On a fait presque deux cents bornes depuis le Massif Central, dit Moram. La jauge sera bientôt au plus bas. Il nous reste quoi ?... Une autonomie de cinquante kilomètres, à tout casser.

— Arrête-toi si tu vois une pompe ! » cracha Solman.

Le chauffeur poussa un interminable soupir, comme une cuve se vidant de son air. La morosité du donneur s'associait au mutisme de Kadija pour entretenir une ambiance pesante dans la cabine. Moram, lui, retrouvait goût à la vie depuis qu'ils étaient sortis du Massif central : il tirait profit des enlisements, des moindres haltes pour s'éclipser et rejoindre Hora, qui l'attendait toujours au même endroit, à côté de l'attache entre la citerne et la voiture. Il ne s'était rien passé entre eux, pas encore, parce que la brièveté des arrêts leur interdisait pour l'instant d'approfondir leur relation, mais ils se retrouvaient avec un plaisir grandissant, avec, également, une certaine pudeur, comme si Moram, qui prenait d'habitude ses conquêtes à la hussarde, revenait à ses émois d'adolescent, renouait avec cette timidité qui l'avait longtemps inhibé avant d'abandonner sa virginité dans les bras d'une initiatrice mûre et insatiable. Dans une certaine mesure, Hora était sa première femme, la première en tout cas qui lui donnait l'envie d'aller au-delà des relations charnelles, de partager les réveils aussi bien que les coucheries, les riens quotidiens aussi bien que les joutes sensuelles, les petites misères aussi bien que les élans de bonheur. Pour la première fois, il acceptait l'idée de fonder un foyer, une cellule qui donnerait naissance à d'autres cellules et propagerait ses gènes à travers le temps. Il se sentait pousser des ailes, et ses peurs, ses putains de peurs, le laissaient tranquille pour le moment.

Il observa Solman d'un regard de biais : le retour de Kadija aurait dû le combler de joie, et c'était le contraire qui se produisait. Les traits hâves, les yeux renfoncés très loin sous les arcades sourcilières, la bouche crispée, le donneur semblait sombrer peu à peu dans la mélancolie et n'en émerger que pour lâcher des réflexions agressives, voire franchement méchantes. Sans doute l'inquiétude et la fatigue expliquaient-elles en partie son attitude, et peut-être également le manque d'intimité que leur valait ce trajet à marche forcée, mais le chauffeur songeait que, non, décidément, il ne comprendrait jamais rien au monde des donneurs – et encore moins à celui de Kadija.

Après une journée sans difficulté notoire, ils atteignirent au crépuscule les rives d'un fleuve.

« Dans ce sens-là, on devrait plutôt l'appeler Bord de Nord, non ?

— Rien ne dit que c'est la Loire, objecta Solman.

— Les rivières ne sont pas aussi larges, et ça ne peut pas être la Seine.

— Je ne vois pas de ruines... »

L'embâcle emprisonnait l'eau du fleuve et ne laissait paraître que les échines d'îlots ensevelis sous la neige. Les branches d'arbres décharnés effleuraient la glace cuivrée par les rayons du soleil couchant. Les camions roulaient au sommet de coteaux qui descendaient en pente douce vers les grèves jonchées de rochers et dont les flancs se couvraient de buissons pétrifiés.

Kadija posa la main sur l'avant-bras de Solman et, d'un regard, lui indiqua qu'elle avait une communication à lui faire. Il acquiesça d'un mouvement de menton, trop perturbé, trop sale pour recourir à la clairvoyance, pour la rencontrer dans le silence de l'esprit.

« Arrête le camion, Moram. »

Le chauffeur ne se fit pas prier pour obtempérer. La réserve d'essence revêtait une importance cruciale pour l'avenir du peuple de l'eau, mais chaque halte lui offrait l'opportunité de revoir Hora, d'oublier pendant un temps la tension qui lui nouait les muscles du cou et du dos. Il donna les trois coups de sirène d'usage, immobilisa le camion au milieu d'une descente et sortit de la cabine sans demander son reste. Comme à l'habitude, les chiens se répartirent de chaque côté du convoi pour former une haie vivante, vigilante. La silhouette de l'ange se découpait à contre-jour sur le faîte d'une éminence qui dominait le moutonnement blême des collines.

« Il s'agit bien de la Loire, dit Kadija. Mais nous nous trouvons à l'est de l'emplacement des ruines de Tours, à environ cinquante kilomètres. Il nous suffit de suivre la rive du fleuve en direction de l'ouest.

— Ton Benjamin est un atlas autrement perfectionné que celui des prêtres bakous, ironisa Solman. Je ne suis pas certain que nous ayons assez de gaz pour faire encore cinquante kilomètres.

— Nous ne le saurons que si nous essayons. »

Kadija observa, par le rétroviseur, les Aquariotes et les Sheulns qui profitaient de la halte pour se dégourdir les jambes. Elle-même commençait à ressentir une léthargie qui partait de ses membres pour s'étendre à l'ensemble de son corps. Les moyens de transport des hommes étaient non seulement bruyants et polluants, ils présentaient l'inconvénient de les couper de leur source énergétique. Jamais elle n'avait éprouvé ce genre de lourdeur dans les salles et les couloirs de Benjamin. Sa sœur disparue avait sans doute expérimenté, et de manière beaucoup plus brutale, cette inexorable descente dans le cœur de la matière. Conservant ses attributs de Sainte dans les premiers temps, elle avait alarmé la tribu sur ses difficultés avant de perdre définitivement le contact. Les dernières nouvelles qu'on avait reçues d'elle faisaient état de son adoption par un peuple nomade et de la poursuite de sa mission. Benjamin avait exploité ses informations pour affiner son analyse et renforcer le potentiel de Kadija.

« Tu redeviens comme les autres, Solman, dit-elle sans quitter le rétroviseur des yeux. Ton esprit se voile.

— Je ne suis pas différent d'eux, je suis de leur temps, répliqua-t-il d'un ton sec.

— Ils ne sont que les ultimes vestiges du passé, d'un monde mort.

— Alors, moi aussi. Pourquoi toi et les tiens ne laissez-vous pas l'intelligence destructrice nous renvoyer dans l'oubli ? »

Elle se redressa et le fixa avec une étrange douceur dans les yeux.

« Ce que tu appelles intelligence destructrice, l'*Eskato* le nomme œuvre de purification, de reconstruction.

— Et ton... ton *Eskato* ne nous juge pas dignes d'appartenir à son putain de nouveau monde, hein ? »

La violence soudaine avec laquelle il avait expulsé ces mots la renfrogna pendant quelques minutes dans un silence défensif.

« Vous n'êtes pas marqués du Sceau, finit-elle par répondre. Vous gardez en vous cette faute originelle, cette barbarie qui offense la Création.

— De quel côté est la barbarie ? cria-t-il. Qui lance des chiens, des insectes[GM] et des bombes sur les peuples nomades ? Qui s'acharne sur les femmes, les enfants, les vieillards ? Qui dresse les Slangs contre nous ? »

Les éclats de sa voix firent trembler le verre et le métal de la cabine. En contrebas, une volée d'enfants se risquaient sur la glace du fleuve sous le regard attentif des parents et des chiens.

« Ce n'est qu'un aboutissement logique, une solution appropriée à un problème millénaire. L'*Eskato* a jugé que la Terre devait être retirée aux hommes.

— Qui est l'*Eskato* pour prononcer de telles sentences ?

— Le messager des temps nouveaux, le Verbe pur.

— Tu en parles comme d'un dieu... »

Elle eut un mouvement de tête qui imprima à sa chevelure un mouvement délicat de balancier.

« Le concept de Dieu ne signifie rien pour les Saints. Nous cherchons seulement à préserver la chaleur de la fusion originelle.

— Ibrahim vous dirait sûrement que tout a une fin, même la chaleur des origines. Et si le verbe de l'*Eskato* était si pur que ça, tu ne serais pas assise à mes côtés ! »

Il changea de position sur la banquette pour allonger sa jambe torse. Sa propre odeur lui fouetta les narines.

« Benjamin estime que, contrairement aux préceptes de l'*Eskato*, nous avons quelque chose à apprendre des hommes, dit Kadija.

— Qui est Benjamin ? Votre roi ? Votre père ?

— Je suis une part de Benjamin, une part de la douzième tribu. Le jour du rassemblement approche, et l'activité des serviteurs de l'*Eskato*, de ceux qui tu appelles les anges, va bientôt s'intensifier.

— Tu veux dire qu'ils vont multiplier les attaques ?

— Pas seulement. Ils déclencheront la métamorphose finale de la Terre pour la rendre digne de ses nouveaux habitants. »

Les phares balayaient des reliefs assaillis par les plantes grimpantes. Quelques murs échappaient encore à l'étranglement végétal, qui ne se contentait pas d'envahir les ruines mais dissolvait les déchets métalliques à l'aide d'un suc extrêmement corrosif – le suc dont s'était servie Raïma pour fabriquer ses poisons. Les ombres des rares bâtiments restés debout masquaient par intermittence les scintillements de la surface gelée du fleuve.

Ce trajet nocturne sur le bord de la Loire avait exigé une concentration constante de la part des chauffeurs. Ils ne roulaient pas sur une piste, mais sur un terrain bosselé, hérissé de souches, de rochers, de crevasses, de branches d'arbres. Les chiens, qui avançaient désormais plus vite que la caravane, étaient obligés de ralentir l'allure pour l'attendre. La nuit et la neige s'étaient associées pour tromper les yeux fatigués par des heures d'attention et entraîner quelques camions dans des chausse-trappes. Moram, en tête de convoi, s'était lui-même fourvoyé dans un fossé. Son véhicule s'était pratiquement couché sur le flanc sans toutefois entraîner voiture et remorque dans son affaissement. Le crissement de la tôle raclant les arêtes des roches avait réveillé Solman en sursaut. Projeté violemment sur Kadija, il avait craint d'avoir blessé la jeune femme, mais, le rassurant d'un sourire, elle avait glissé les bras autour de sa taille et l'avait gardé serré contre elle jusqu'à ce que les chauffeurs, accourus en hâte, parviennent à décoincer la portière. Il aurait aimé passer toute la nuit blotti contre elle, léché par son souffle, bercé par les pulsations de son cœur. Les chauffeurs avaient perdu plus d'une heure à dégager le camion et à redresser l'attache tordue. On n'avait pas recensé d'autres dommages que le bris d'un phare, le froissement de l'aile et de la portière droites, mais Moram n'avait pas décoléré jusqu'aux premières ruines de l'ancienne ville de Tours.

« Et maintenant, on va où ? demanda-t-il d'une voix où perçaient des accents contenus de fureur. On n'a pratiquement plus une goutte de gaz ! »

Solman sollicita Kadija du regard. Elle lui fit comprendre, d'une mimique, qu'elle ne parlerait pas en présence du chauffeur. Comme lui-même n'avait pas la volonté ni l'envie ni même la capacité de recourir à la vision, ils n'avaient pas d'autre choix que d'arrêter à nouveau le convoi.

« On a encore besoin de...

— Qui c'est celui-là, bordel ? » coupa Moram.

Un homme s'était perché sur le marchepied, côté conducteur, pendant que le camion roulait au pas entre deux monticules et, d'un geste de la main, il demandait au chauffeur de baisser la vitre. Moram obtempéra après avoir pris la précaution de tirer son revolver de sa ceinture. L'air froid de la nuit se coula comme un serpent dans la tiédeur de la cabine. Une tête se découpa dans l'ouverture. Solman reconnut instantanément les yeux clairs, presque blancs, qui brillaient comme deux étoiles vives dans la fente d'un passe-montagne.

« T'es vraiment un putain de fantôme, Ca... Wolf ! grogna Moram en remisant son revolver. Ça ne se fait pas de grimper en pleine nuit sur un camion en marche. Pour un peu, je t'aurais tiré dessus.

— Des Slangs et des solbots nous attendent à la réserve d'essence, haleta Wolf. Ils nous ont tendu un piège. »

Moram garda les yeux rivés sur les faisceaux mouvants des phares qui heurtaient des murets ensevelis sous les plantes grimpantes. La couche de neige s'évanouissait par endroits pour dévoiler le béton craquelé des anciennes rues.

« Comment tu sais ça, merde ? T'étais passé où pendant tout ce temps ?

— Je te l'ai déjà dit, mon don me revient par instants. »

Moram donna un coup de volant sur la gauche pour éviter les décombres d'un bâtiment aux trois quarts effondré.

« Et comment ça se fait que notre donneur n'a rien vu ? »

La question s'adressait à Solman, qui, soudain, prit conscience qu'il avait manqué à tous ses devoirs.

« La vision... elle me lâche, dit-il d'une voix sourde.

— Ça arrive à tous les donneurs. Elle reviendra quand tu auras résolu certains problèmes. »

Les sifflements du vent et le grondement du moteur avaient contraint Wolf à hurler.

« En attendant, ça arrive au pire moment, lâcha Moram entre ses lèvres serrées. On y était presque, bordel ! C'est déjà un miracle que personne ne soit tombé en panne de gaz.

— Arrête le convoi sans actionner la sirène et éteins les phares, cria Wolf. Pas la peine de prévenir les solbots et les Slangs de notre arrivée.

— Tu crois encore qu'ils ne sont pas prévenus ? Ces saloperies de solbots peuvent détecter les bruits à des dizaines de kilomètres.

— Possible, mais inutile d'en rajouter. »

Moram freina en douceur en espérant que les autres, qui se suivaient de très près, avaient suffisamment gardé de réflexes pour éviter d'emboutir les remorques ou les voitures qui les précédaient.

Solman ne descendit pas lorsque Moram eut rejoint Wolf en bas du marchepied. Il resta prostré sur la banquette, aux prises avec un sentiment de culpabilité dont la virulence lui rongeait les sangs et ravivait la douleur à sa jambe tordue. Il s'était montré incapable de surmonter ses états d'âme pour remplir ses devoirs de donneur, incapable de dépasser son petit moi pour se dissoudre dans l'infini de la vision. Sans Wolf, resurgi *in extremis* du néant, les Aquariotes auraient donné tête baissée dans le piège. Les voix graves des chauffeurs qui accouraient vers le camion de tête résonnaient comme un chœur accusateur. Le regard insistant de Kadija accentuait encore sa détresse : il ne faisait partie d'aucun monde, refusant la laideur de celui qui l'avait vu naître, trop laid lui-même pour accéder à celui qui se présentait. Écartelé entre ciel et terre, infirme de corps et d'esprit. Wolf, lui, avait assumé son terrible destin. Il avait étouffé orgueil et remords pour mener une existence solitaire, clandestine, inconfortable, toléré les limites blessantes de son moi pour se consacrer sans faille à l'œuvre de sa vie.

Solman prit conscience qu'il n'avait toujours pas appris à s'accepter, et que, s'il débordait parfois de compassion, il n'acceptait pas la déformation de Raïma, il n'acceptait pas son passé, il n'acceptait pas les autres, il n'acceptait pas l'humanité, il n'acceptait pas la vie dans son ensemble. Il n'avait jamais cessé, comme Moram, d'être un orphelin, un enfant perdu dans un monde hostile.

« Va leur dire que j'envoie les chiens en reconnaissance. »

La voix de Kadija glissa sur lui comme un songe. Il ne bougea pas, il n'avait pas envie de croiser les regards des siens.

« Toi non plus tu n'avais rien perçu, rien deviné ? bredouilla-t-il.

— Je suis reliée à Benjamin. Benjamin est relié aux serviteurs de l'*Eskato*, pas aux Slangs ni aux solbots. Et l'*Eskato* le sait. »

Elle lui pressa l'avant-bras avec fermeté.

« Va leur dire, Solman. »

VI

L'aube rosissait le ruban glacé du fleuve et les pics translucides qui enguirlandaient les branches des arbres. Les feuilles des plantes grimpantes, la seule espèce végétale apparemment capable de résister aux vents du Nord qui soufflaient sans discontinuer entre les ruines, recouvraient peu à peu leur vert éclatant, insolite. La ville de l'ancien temps se reconstituait en filigrane sous la lumière encore pâle. Çà et là, se devinaient les tracés des rues, les agencements des bâtiments, les piles d'un pont dressées au-dessus du fil figé de la Loire comme des clochers d'églises englouties. Tours n'était sûrement pas la plus grande agglomération d'Europe – les ruines de Prague, de Berlin, de Lyon, pour ne citer que celles-là, étaient beaucoup plus vastes, beaucoup plus complexes –, mais elle avait sans doute abrité davantage d'âmes que n'en avaient jamais compté l'ensemble des peuples nomades.

Les chauffeurs trompaient leur impatience en se passant les thermos où fumaient les dernières gouttes de kaoua, trop énervés désormais pour aller s'allonger sur leurs couchettes. Pendant que leurs passagers dormaient dans les voitures, ils attendaient le retour des chiens qui s'étaient éclipsés comme des ombres juste après l'intervention de Solman.

Le donneur avait estimé le combat contre les Slangs et les solbots perdu d'avance et avait jugé préférable de confier à l'ange et à sa meute la tâche de nettoyer les abords de la réserve.

« Des chiens contre des solbots ? avait objecté Moram. Des crocs contre des putains de carcasses métalliques ?

— Ce ne sont pas des chiens ordinaires », avait répondu Solman.

Il avait eu l'impression de se présenter nu devant eux, avec ses faiblesses exhibées, saignant comme des blessures. Le regard étrangement tendre de Wolf l'avait apaisé avec la douceur d'un baume.

« Admettons qu'ils soient plus costauds que la moyenne, ils restent des animaux, avait avancé un chauffeur. Qui peut demander à des animaux de prendre ce genre d'initiative ?

— Kadija, avait répondu Solman. Elle sait s'en faire obéir.

— Comment ? Elle ne parle pas.

— Elle utilise une forme de langage qui nous est inconnu. Sans elle, la horde ne nous aurait pas laissé la moindre chance à la sortie du labyrinthe souterrain. »

À peine avait-il prononcé ces paroles que les pelages noirs des chiens avaient ondulé dans la nuit dans un froissement de ruisseau. Le visage blême de l'ange avait flotté pendant quelques secondes sur le fond de ténèbres. Les chauffeurs avaient alors levé la tête vers les vitres du camion de Moram afin d'examiner cette fille qui avait le pouvoir de commander à la horde sans donner de la voix ni esquisser le moindre geste, mais Kadija était demeurée invisible, soustraite à leur curiosité, à leur perplexité, par le flot d'obscurité qui inondait la cabine. Puis ils avaient tapé des pieds pour se réchauffer, ils avaient bu au goulot des thermos, s'étaient équipés de leurs pistolets, de leurs fusils, de leurs poignards, et s'étaient préparés à passer de longues heures dans la froidure polaire. Aucun d'eux n'avait songé à regagner sa cabine, à se mettre à l'abri du vent, conscient qu'il s'écroulerait de sommeil sitôt qu'il aurait posé les fesses sur son siège. Ils avaient besoin d'inconfort pour rester éveillés, vigilants, prêts à déguerpir à la moindre alerte. Ils s'étaient gardés du froid en vidant les thermos et en faisant les cent pas sur la neige.

Solman était resté en leur compagnie malgré la douleur insoutenable qui lui vrillait la jambe gauche. Pour la première fois de sa vie, il avait accepté de goûter le kaoua. L'amertume du breuvage lui avait déclenché un haut-le-cœur, puis, passé ce désagrément initial, il s'y était habitué, avait bu d'autres gorgées et s'était senti requinqué, stimulé, par le liquide bouillant.

Il avait également éprouvé l'effet secondaire du kaoua. Un désir brutal, purement physique, était monté en lui avec la rage d'un brasier et l'avait maintenu pendant des heures dans un état d'excitation tel qu'il transpirait à grosses gouttes, qu'il aurait donné n'importe quoi pour soulager la tension inouïe de son sexe. Il avait à plusieurs reprises refoulé d'extrême justesse l'impulsion qui lui commandait de grimper dans la cabine et de se jeter sur Kadija. Il comprenait maintenant pourquoi la grande majorité des chauffeurs entretenaient plusieurs relations amoureuses en même temps. Il avait surpris, lors de l'avant-dernier grand rassemblement, la conversation de deux filles à la langue rieuse qui parlaient des Albains comme d'amants infatigables. La raison en était toute simple : les Albains étaient les premiers consommateurs de la poudre noire qu'ils fabriquaient et troquaient. Et s'ils interdisaient à leurs femmes et à leurs filles pubères de sortir avant la tombée de la nuit, c'était sans doute parce qu'ils se savaient eux-mêmes incapables de maîtriser leurs pulsions. Il suffisait aux femmes, pour se venger, d'exploiter la situation à rebours, de se glisser clandestinement dans la tente de n'importe quel homme pour s'en faire aussitôt un amant anonyme. Le kaoua augmentait de façon sensible la puissance sexuelle, mais, revers de la médaille, rendait les hommes dépendants de leurs désirs, donc vulnérables. Une faiblesse qui avait entraîné Chak à renier les sentiments pourtant sincères qu'il éprouvait pour Solman : il avait choisi, en s'engageant dans les rangs des assesseurs du conseil, de détruire ce qu'il y avait de plus beau en lui plutôt que d'endurer cet écartèlement permanent, insupportable, entre ses aspirations et ses obsessions. Pendant quelques heures, Solman avait subi la même tyrannie, et, sans la présence des chauffeurs, sans le regard attentionné de Wolf, il ignorait ce qu'il serait advenu de lui. Les paroles de Raïma, « tu es *surtout* un homme comme les autres », avaient pris un relief saisissant dans cette nuit qui ne voulait pas mourir. Il n'était pas meilleur que Chak ou que n'importe quel autre Aquariote, il était soumis, lui aussi, aux exigences despotiques de son corps, de ses glandes, de ses hormones. Il avait accueilli les premières lueurs de l'aube avec un immense soulagement, comme délivré d'une bataille intérieure qu'il n'était pas certain de remporter.

« Combien de temps on va encore attendre ? demanda Moram en refermant sa braguette après s'être soulagé contre un monticule de terre.

— Le temps qu'il faudra », dit Wolf.

Le visage du chauffeur, déjà chiffonné par la nuit de veille, se renfrogna un peu plus.

« Tu devrais perdre cette foutue manie de répondre aux questions qui ne te sont pas posées, Scorpiote !

« — Dès que tu auras perdu cette manie de poser des questions qui n'ont pas lieu d'être posées, Aquariote! » rétorqua Wolf.

Moram serra les poings et décocha un regard venimeux à son vis-à-vis.

« Je te propose de régler ça sans attendre!

— Je n'ai pas d'énergie à perdre avec ce genre de connerie. »

Moram pivota sur lui-même pour prendre les autres chauffeurs à témoin.

« Vous entendez, vous autres? Il refuse de s'expliquer d'homme à homme.

— Lorsque je n'ai pas d'autre choix que de m'expliquer avec un homme, c'est en général une question de vie ou de mort. »

Bien que posée, la voix éraillée de Wolf enfla démesurément dans le silence de l'aube. Moram eut un petit sourire qui se voulait supérieur mais dans lequel se devinait un début d'appréhension. Même si le chauffeur avait l'avantage de la jeunesse et de la corpulence sur le Scorpiote, Solman, assis sur le pare-chocs du camion, se rendait compte que les chances n'étaient pas équitables. Les muscles et la vivacité de l'un ne pesaient pas lourd face à la détermination froide de l'autre. L'un dissimulait son manque d'assurance sous les rodomontades, l'autre avait pour lui la certitude de ceux qui ont fait du crime l'activité essentielle de leur vie. Le problème de Moram était maintenant de sortir de cette situation sans perdre la face.

« Qui parle de vie ou de mort, Wolf? Réglons ça aux poings, comme des gens civilisés.

— Les mains sont des armes redoutables, Moram. Silencieuses, précises, traîtresses. Je me méfie de moi : je ne pense pas que je résisterais à la tentation de te briser les vertèbres ou de te broyer le larynx. Or je sais que notre donneur a de l'amitié pour toi. Restons-en là, s'il te plaît. »

Le chauffeur s'engouffra avec opportunisme dans la brèche ouverte par son interlocuteur.

« Est-ce que tu veux dire que tu... refuses le combat? »

Les yeux de Wolf lancèrent des éclats menaçants par la fente de son passe-montagne.

« Tu ne crois pas que le sang a déjà assez coulé? »

Moram hocha la tête puis chercha l'approbation des Aquariotes rassemblés en demi-cercle autour des deux hommes.

Ils n'étaient pas dupes, comme en témoignaient leurs regards fuyants et leurs mines embarrassées, mais le chauffeur, en abandonnant au Scorpiote l'initiative de décliner le combat, avait sauvegardé les apparences.

Une trentaine de chiens firent leur réapparition alors que des nuages bas recouvraient le ciel et déposaient une humidité maussade sur les ruines. Babines, crocs et poitrail marbrés de sang, poil roussi et, pour certains, parsemé de brûlures qui dévoilaient un cuir noirci, boursouflé. Ils se couchèrent dans la neige à une dizaine de pas du camion de tête.

« C'est tout ce qui reste de la horde ? s'étonna un chauffeur.

— Et l'ange, il est passé où ? » s'exclama un autre.

Ils se tournèrent vers Solman, mais, comme sa vision refusait obstinément de s'éclaircir, qu'il n'avait pas de réponse à leur fournir, ce fut à nouveau Wolf qui prit la parole.

« Ils ont fini leur travail. Il n'y a plus de danger.

— On ne sait même pas où se niche cette putain de réserve, grommela Moram.

— Mettons-nous en route et suivons-les, ils nous y conduiront.

— Est-ce que tu es d'accord avec ça, donneur ? »

Solman se releva et se dirigea en boitant bas vers le marchepied de la cabine.

« C'est lui le donneur pour l'instant. »

La neige se mit à tomber à l'instant où le convoi s'ébranlait. Les flocons, denses, aussi volumineux que des pommes sauvages, escamotaient les formes sombres et fuyantes des chiens et interdisaient de voir à plus de dix mètres de distance. Wolf ne s'était pas installé dans la cabine du camion de tête, mais était resté perché sur le marchepied du côté conducteur, accroché au montant du rétroviseur. Malgré le vent, la neige commençait à s'incruster sur la laine de son passe-montagne, sur ses gants et sur les manches de son manteau de cuir.

Le sourire lumineux de Kadija avait dispersé comme par enchantement les lambeaux des désirs nauséeux de Solman. Le kaoua le maintenait toujours dans un état d'excitation nerveuse qui empêchait son sexe de recouvrer sa flaccidité apaisante, mais la tension de son esprit était retombée, comme si l'épreuve était désormais loin derrière lui.

« Bon Dieu de bon Dieu, si cette purée continue, on va perdre les chiens, grogna Moram.

— Wolf n'a peut-être pas besoin des chiens pour se repérer, dit Solman.

— Est-ce qu'on peut vraiment faire confiance à ce Scorpiote de malheur?

— Il t'aurait tué, Moram, et tu le sais, mais il a choisi de ravaler son orgueil. Tu devrais lui en être reconnaissant. »

Ils roulaient au ralenti entre des bâtisses et des reliefs aux allures fantomatiques sous les bourrasques de neige. La Loire se fondait peu à peu dans la blancheur environnante, au point que Moram craignait à tout moment de s'aventurer par mégarde sur son lit et d'entendre les craquements de la glace sous les roues du camion. Il surveillait dans son rétroviseur la progression du véhicule suivant, le seul qu'il lui fût possible d'apercevoir au milieu des flocons.

« Désolé, je ne peux pas avoir de la reconnaissance pour un type dont je n'ai jamais vu le visage, lâcha-t-il d'une voix sourde.

— Voir, voir, voir... Je me demande si la vue n'est pas le problème majeur des hommes. »

Solman avait pensé à lui en prononçant ces paroles. La vue l'avait coupé de Raïma, la vue le projetait dans le jugement extérieur, le retenait à la surface des choses, brouillait la vision.

« Comment je conduirais mon camion si j'étais aveugle? lança Moram.

— Si on savait voir sans les yeux, on pourrait peut-être se passer des camions. »

La main de Kadija se faufila dans celle de Solman. La vue le coupait aussi de la jeune femme, dont la beauté était un obstacle autant que la laideur de Raïma.

La réserve d'essence gisait au fond d'un bunker de béton enseveli, du côté du fleuve, sous l'imposante colline que dressaient les ruines des bâtiments effondrés. De l'autre côté, les abords de l'abri avaient été dégagés récemment à en croire les voiles ténus de neige fraîche qui se tendaient sur les monticules de terre et de pierres. L'entrée, une porte à l'embrasure déchiquetée mais pas encore assez large pour accueillir les camions, se découpait, cinq ou six mètres en dessous du niveau du sol, sur un mur convexe bardé de pointes métalliques et criblé de cavités probablement dues aux explosifs.

Moram donna trois coups de sirène et immobilisa son véhicule en haut de la large excavation creusée devant l'accès au bunker. Il vit les chiens avaler la pente avec leur agilité coutumière et disparaître l'un après l'autre par la porte.

« Impossible que les camions puissent descendre là-dedans, dit-il. Faut qu'on aille se rendre compte à pied. »

Il dégagea un de ses revolvers avant de rejoindre Wolf en bas du marchepied. Main dans la main, Solman et Kadija attendirent quelques instants avant de descendre. La neige tombait à gros flocons, buvant les bruits pour ne laisser percevoir que son crissement feutré. Les autres chauffeurs arrivèrent à tour de rôle, accompagnés de passagers, Aquariotes et Sheulns, tous armés de fusils, de pistolets, et munis de lampes de poche à gaz. Glenn s'était faufilé parmi eux, les yeux rougis par le manque de sommeil, l'inquiétude et le chagrin, ainsi qu'Ibrahim, qui semblait maintenant accuser le poids des années.

Wolf arma son fusil d'assaut dont il cala la crosse entre son coude et sa hanche. De minuscules stalactites de givre formaient comme des couronnes inversées sous les arcs de ses sourcils. Il consulta Solman du regard, qui, d'un clignement de paupières, lui confia la direction des opérations. Le Scorpiote répartit la petite troupe en deux groupes, le premier se chargeant d'explorer le bunker pendant que l'autre assurerait la surveillance des camions.

« Je viens avec vous, dit Glenn.

— Moi aussi, fit Ibrahim.

— D'accord, mais vous resterez en arrière. »

La trentaine d'hommes du groupe d'exploration dévalèrent la pente, très raide, presque verticale, de l'excavation, avec beaucoup moins d'adresse que les chiens. La plupart d'entre eux achevèrent leur descente sur les fesses ou sur le dos, mais le tapis de neige, qui commençait à s'épaissir en contrebas, amortit leur dégringolade.

Wolf fut le premier à pénétrer dans le bunker, suivi de Moram, de Solman et de Kadija. Ils traversèrent d'abord une pièce nue, éclairée par la lumière du jour, puis une enfilade de salles plus ou moins vastes qui plongeaient peu à peu dans une obscurité totale, oppressante. Une odeur puissante, écœurante, masquait les relents de poudre, de sang et de chien mouillé qui flottaient dans l'air immobile.

« Ça pue l'essence, ici... »

Le chuchotement d'Ibrahim résonna avec force dans le silence sépulcral. Moram se retourna et, du canon de son revolver, lui intima l'ordre de se taire. Les rayons des torches glissaient sur un sol écaillé et sur des murs enduits d'une substance noirâtre, brillante, indéfinissable.

« Faut pas y toucher, murmura Glenn. C'est le suc des plantes grimpantes.

— Je vois pas de plantes, ici, objecta Moram à voix basse.

— Elles sont au-dessus, elles mangent le béton et le fer des maisons de l'ancien temps.

— Ce qu'il veut dire, précisa Ibrahim, c'est que l'acide qu'elles fabriquent s'infiltre dans la terre et finit par s'écouler sur ces murs.

— Charmante demeure... »

Au fond de la dernière salle, une large voie d'accès s'enfonçait en tournant dans le ventre de la terre. Une lumière jaune, ténue, vacillante, en éclairait le bas et révélait un pan du revêtement d'une salle souterraine.

« D'où vient cette putain de lumière? souffla Moram.

— Sans doute d'un groupe électrogène, répondit Ibrahim.

— Un groupe quoi?

— Électrogène. Il produit de l'électricité, l'énergie la plus répandue, avec l'essence, dans l'ancien temps. Vous n'entendez pas ce bruit de moteur? »

Un grésillement lointain sous-tendait en effet le silence comme un bourdon grave.

« Qui a pu mettre ce truc en route?

— Possible que ce soient nos adversaires. Possible aussi qu'il fonctionne tout seul depuis un siècle. Il dispose de suffisamment d'essence pour tourner encore pendant mille ans.

— Un moteur, ça finit tôt ou tard par tomber en panne.

— En principe, oui. Mais celui-là a probablement été fabriqué avec des alliages inusables. »

La voie, en parfait état, ressemblait à une rampe conçue pour le passage de véhicules. Sans doute ce bunker, tout comme la petite ville fortifiée du Massif central, avait servi un temps de point de ralliement et de ravitaillement à l'armée de l'un ou l'autre camp pendant la Troisième Guerre mondiale.

Ils découvrirent leur premier cadavre au milieu du deuxième tournant. Un Slang, identifiable aux lambeaux de ses vêtements de cuir sertis de pièces métalliques. Il ne restait de son corps qu'une poignée de cheveux, un peu de chair dans les creux de son visage, la moitié du bassin et une jambe mystérieusement dédaignée par les chiens.

« Ces clebs sont vraiment tarés! marmonna Moram.

— Ils font le boulot pour lequel ils ont été conçus, dit Wolf. Je ne connais pas de tueurs plus efficaces.

— On dirait que tu as de la sympathie pour eux.

— Sans doute parce qu'eux et moi avons de nombreux points communs », rétorqua le Scorpiote.

Solman épia du coin de l'œil la réaction de Kadija. Si le visage de la jeune femme demeurait impassible, il avait la nette impression que le spectacle de ce corps déchiqueté la reliait aux scènes pénibles implantées dans sa mémoire et ravivait son dégoût des hommes.

Un deuxième cadavre, tout aussi mutilé, les attendait en bas de la rampe, puis des dizaines d'autres, jonchant le sol d'une immense salle souterraine éclairée, non par un groupe électrogène comme l'avait présumé Ibrahim, mais par quatre, séparés les uns des autres par des intervalles d'une cinquantaine de mètres. Ils alimentaient des rangées d'ampoules qui, insérées dans le plafond, dispensaient une lumière crue et habillaient les murs et le plancher de béton d'un gris maladif. Les chiens, pratiquement au complet, étaient allongés entre les énormes tampons métalliques qui bouchaient les cuves enterrées. Les émanations d'essence engendraient de curieuses sensations dans le cerveau et le corps de Solman, quelque chose comme une ivresse sournoise, nauséeuse.

« C'est une putain de vraie boucherie là-dedans! gronda Moram.

— La boucherie, c'est nous qui l'aurions subie si les chiens n'avaient pas fait leur travail, fit Wolf.

— À force de prendre leur défense, tu vas finir par... »

Un grincement prolongé l'interrompit. Il braqua son revolver vers l'endroit d'où avait jailli le bruit. Wolf et tous les autres l'imitèrent dans un concert de cliquetis, sauf Glenn, qui se serra contre Solman, et Ibrahim, qui préféra se tenir légèrement en arrière.

Un solbot surgit d'un repli du mur et s'avança dans leur direction. Les volets circulaires, les « narines de la mort », s'étaient déjà ouverts au milieu de son cylindre. La lumière des ampoules se coula sur les canons dégagés de son pistolet automatique et de son lanceur de bombes. Ses chevilles articulées tournaient sur elles-mêmes dans une succession de crissements irritants. Les chiens ne bougeaient pas, comme s'ils avaient compris que l'immobilité était la seule défense face aux soldats mécaniques.

« Bordel, on dirait qu'il en vient d'autres », souffla Moram.

VII

Le repli du mur avait craché une trentaine de solbots. Le roulement des chenilles sur le béton soulevait un vacarme assourdissant. Le bataillon scintillant louvoyait en rangs serrés entre les chiens couchés, les cadavres des Slangs, les bondes des cuves, et se dirigeait à une vitesse constante vers les Aquariotes resserrés en bas de la rampe. Solman discernait les aigles aux ailes déployées gravés sur les troncs cylindriques, les trois groupes de six chiffres, les sigles DARPA, NASTI, USA, au-dessus des rectangles verts qui renfermaient les étoiles et les croissants de lune.

« Je savais bien que les chiens seraient impuissants face à ces putains de solbots! glapit Moram. Y a plus qu'à se tirer, et vite fait! »

Quelques hommes n'avaient pas attendu sa suggestion pour s'élancer sur la rampe. La main de Kadija se glissa à nouveau dans celle de Solman et la pressa à plusieurs reprises. Il se demanda, dans un premier temps, ce qu'elle cherchait à lui signifier, puis un grand calme se déploya en lui, dispersa ses inquiétudes, et il comprit qu'ils n'avaient plus rien à craindre des anciens soldats mécaniques de la coalition IAA.

« Inutile de courir, dit-il. Ils ne nous feront aucun mal.

— Eh, ce sont des saloperies de machines, boiteux! protesta Moram. Elles bombardent tout ce qui bouge, sans distinction.

— Il est plus facile de commander aux machines qu'aux chiens.

— Il n'a pas tort, intervint Ibrahim. Ce ne sont *que* des machines, il suffit d'en changer la programmation pour modifier leur comportement.

55

— Et qui va s'en charger, hein ? C'est vous qui allez plonger les mains dans leurs narines ? »

La voix de Moram s'étrangla. Sa fébrilité grandissait au fur et à mesure que les solbots se rapprochaient, volets circulaires béants, canons des armes bien en évidence. D'autres hommes, incapables de maîtriser leur panique, se détachaient du groupe comme des feuilles arrachées par le vent.

« Lui s'en est déjà chargé », dit Solman.

Il désignait l'ange qui venait à son tour de surgir du repli du mur et qui marchait derrière les soldats mécaniques d'une allure aérienne. La lumière des ampoules donnait à son visage un aspect blafard et accrochait des reflets mordorés dans les boucles de sa chevelure noire. Solman était désormais convaincu qu'il s'était rendu maître des solbots de la même manière qu'il avait soumis la horde de chiens. Pour certains Aquariotes, en revanche, le doute était permis, et, cédant à l'affolement, ils refluèrent à toutes jambes vers la sortie du bunker.

Un coup d'œil à Glenn, immobile malgré la frayeur qui lui agrandissait les yeux, convainquit Moram de rester en compagnie du donneur, de Kadija, de Wolf et d'Ibrahim. Il n'allait tout de même pas se montrer plus froussard qu'un enfant de six ans, qu'un vieillard terrorisé par les rats, qu'un Scorpiote, qu'une fille, qu'un boiteux... Ses index tremblaient sur les détentes de ses revolvers, des armes d'hommes, des armes dérisoires face aux robots. Les hommes, au moins, on pouvait lire la lâcheté, la colère, la sournoiserie, la détermination dans leurs yeux, tandis qu'on ne décelait aucune intention, aucune faille dans les miroitements des pièces métalliques des machines de l'ancien temps.

Le bataillon mécanique avança à une dizaine de pas de ce qui restait du groupe d'exploration. La sueur liquéfiait Moram dans ses vêtements. Les canons télescopiques se rétractèrent subitement, les volets circulaires se refermèrent, les chenilles cessèrent de rouler, et les solbots se figèrent dans un dernier claquement qui résonna un long moment dans le silence restauré de la salle. L'ange traversa les rangs des robots désormais inertes, se dirigea vers Kadija, et, comme sur le plateau enneigé du Massif central, s'inclina devant elle. Moram lui aurait bien logé une balle dans le crâne, histoire de faire payer à quelqu'un les quelques minutes de trouille qu'il venait d'endurer et qui l'avaient laissé aussi tremblant qu'un oisillon tombé du nid, mais il y renonça, craignant de réveiller en sursaut le peloton mécanique. Pas sûr, de toute façon, qu'une balle eût un quelconque effet sur ce... sur cette créature. Et puis, l'ange avait rallié la cause humaine, comme le prouvait sa posture, son geste d'allégeance. Ses chiens, en nettoyant le bunker – d'une façon horrible, certes, mais les atrocités sont le lot courant de la guerre... –, avaient épargné de nombreuses vies aquariotes. Peu importait qu'il fût issu de mondes incompréhensibles, inaccessibles, peu importait qu'il fût d'essence magique ou démoniaque, seuls comptaient le présent, la survie des derniers hommes. Encore fébrile, le chauffeur verrouilla les crans de sûreté de ses revolvers et les glissa dans la ceinture de son pantalon.

« Maman Raïma... »

Glenn fut emporté par les sanglots avant d'aller au bout de sa phrase. Solman lui posa la main sur le crâne pour l'apaiser.

« J'y vais, murmura-t-il. Est-ce que tu lui as dit au revoir ?

— Elle... elle m'a serré très fort avant de m'envoyer te chercher. »

Solman s'accroupit pour descendre son visage à hauteur de celui du garçon.

« Tu ne la reverras plus, tu le sais ? »

Ils s'étaient glissés entre deux voitures dans l'une des salles en enfilade au premier niveau du bunker. Le vent s'engouffrait à flots par les larges ouvertures qu'au cours de l'après-midi, les solbots avaient découpées sur les murs à l'aide de leurs microbombes.

« Curieux endroit, s'était étonné Ibrahim. À quoi peut bien servir cette rampe d'accès entre les étages si les engins n'ont pas la possibilité de franchir les portes ? Je suppose que les soldats de la Troisième Guerre mondiale ont rebouché en catastrophe les entrées pour interdire à ceux d'en face de s'emparer de la réserve d'essence. »

Les solbots s'étaient avérés précieux non seulement pour créer des passages, mais également pour aider les Aquariotes à adoucir la pente de l'excavation. Ils avaient sondé le terrain avec leurs capteurs tapissés de filaments souples, déposé des charges aux endroits appropriés et provoqué un éboulement qui avait formé la base d'une rampe franchissable. Il avait suffi aux hommes de l'étayer avec des pierres et des poutrelles de béton récupérées dans les décombres environnants et de la niveler avec de la terre. L'un après l'autre, au ralenti, les camions s'étaient introduits à l'intérieur du bunker, au préalable débarrassé des cadavres des Slangs qu'on avait jetés dans une fosse commune. On avait décidé d'installer les voitures et les remorques dans les salles du premier niveau pour éviter aux Aquariotes d'inhaler les émanations d'essence qui, selon Ibrahim, risquaient à la longue d'entraîner des complications respiratoires.

Les camions et les citernes, eux, restaient répartis sur la rampe d'accès à la salle souterraine. Les chauffeurs devraient démonter les réservoirs, les transporter à l'extérieur, les vider de leur reliquat de gaz liquide, les nettoyer, puis les remonter et changer les réglages des carburateurs pour rouler à l'essence. Un travail qui leur prendrait, d'après les premières estimations, entre un et deux mois. Hora, la dernière sourcière aquariote, aurait donc la lourde tâche de prévenir la pénurie d'eau potable en rhabdant les cuves disséminées dans les ruines de la ville – si les hommes de l'ancien temps avaient prévu de telles quantités d'essence, ils avaient, selon toute probabilité, pris la précaution d'enterrer de l'eau potable dans le secteur.

La consigne avait été transmise de ne toucher sous aucun prétexte la substance toxique, mortelle, qui enduisait les murs. Les parents avaient aussitôt entrepris de conditionner leurs plus jeunes enfants. On avait vidé les contenus des remorques et dressé un rapide inventaire des ressources. Quelques tentes avaient fait leur apparition dans les espaces libres, des fils à linge s'étaient tendus entre les voitures, les premiers braseros s'étaient allumés et avaient répandu une odeur familière de bois brûlé ; les bacs s'étaient remplis d'une eau rationnée et réchauffée dans des récipients métalliques, les enfants avaient à tour de rôle hurlé dans les bains dont ils avaient oublié les désagréments, quelques adultes les avaient remplacés avec un plaisir indicible – bien que l'eau fût partiellement refroidie et déjà noire du savon et de la crasse de leurs prédécesseurs –, des hommes et femmes sheulns les avaient imités, se défaisant, en même temps que de leurs vêtements, de leurs vestiges de pudeur ; des morceaux de viande et des galettes de céréales avaient grillé sur les braises, les bouteilles de vin aigre avaient circulé de lèvres en lèvres, les brassées de rires s'étaient entrelacées comme des guirlandes sonores sous les plafonds... Les Aquariotes et les rescapés sheulns s'installaient en prévision des quatre à huit semaines de séjour à l'intérieur du bunker.

« Tu as ce que je t'ai demandé ? » dit Solman.

Glenn lui tendit, avec réticence, un petit flacon en verre empli d'un liquide visqueux.

« Ça t'embête de me le donner ? demanda Solman.

— Les plantes, c'est fait pour guérir, pas pour tuer. »

Solman s'empara du flacon puis, de sa main libre, caressa la joue du garçon. Autour d'eux, les cris et les rires s'amplifiaient au fur et à mesure que se vidaient les bouteilles de vin. Le jour déclinait, les courants d'air balayaient les panaches de fumée, les lueurs des braseros projetaient des ombres déformées et gesticulantes sur les murs.

« Tu es un bon guérisseur, Glenn. Le peuple aquariote a beaucoup de chance de t'avoir.

— Il ne m'aurait pas eu si tu ne m'avais pas sauvé la vie.

— Je ne t'ai pas sauvé, mais la vision à travers moi.

— Je ne guéris pas non plus les gens, mais les plantes à travers moi », dit le garçon d'un air sérieux qui contrastait avec ses rondeurs enfantines.

Solman sourit : non, le peuple de l'eau ne mesurait pas sa chance de compter un tel guérisseur dans ses rangs.

« Il arrive parfois que la mort soit la seule issue souhaitable, reprit-il à voix basse. Raïma a déjà trop souffert. Si j'avais été plus courageux, elle serait délivrée depuis longtemps.

— Je vais avec Ibrahim m'occuper des malades », bredouilla Glenn.

Il renifla bruyamment mais ne parvint pas à endiguer une nouvelle montée de larmes.

« C'est le meilleur hommage à rendre à ta mère », approuva Solman.

Le garçon baissa la tête, pivota sur lui-même et disparut en sanglotant à l'angle de l'une des voitures.

Solman se redressa et attendit que s'apaisent les élancements de sa jambe gauche avant de se mettre en marche vers la voiture de Raïma. Elle se trouvait dans la deuxième salle du niveau supérieur du bunker, la première étant réservée aux guetteurs, aux solbots et à l'ange entouré en permanence d'une partie de la meute. Le danger le plus à craindre, désormais, était l'irruption d'un essaim d'insectes^{GM}, mais Kadija avait assuré à Solman que l'ange avait le pouvoir d'arrêter les minuscules tueurs venimeux avec la même efficacité qu'il avait neutralisé les robots.

« Les insectes^{GM} sont des serviteurs inférieurs dans la hiérarchie de l'*Eskato*, comme les chiens. Ils n'ont pas d'autre possibilité que d'obéir aux serviteurs intermédiaires, aux anges.

— Et les solbots?

— Ce ne sont que des machines, des assemblages grossiers de métal et de puces au silicium, des créatures des hommes. Ils n'appartiennent à aucun règne. Il a suffi à l'ange de les déprogrammer, puis de les reprogrammer, comme l'avait suggéré Ibrahim. »

Solman avait ensuite confié à Kadija qu'une tâche désagréable mais indispensable l'attendait, et qu'il avait besoin d'être seul pour l'accomplir.

Il se fraya un passage entre des grappes d'hommes et de femmes surexcités qui le saluèrent avec des révérences grotesques. Cette nuit, les chauffeurs, stimulés par le kaoua, échauffés par le vin, pourraient enfin oublier les heures épuisantes de conduite dans les bras de leurs épouses ou de leurs maîtresses. Les barrières des convenances tomberaient, comme lors des derniers jours du grand rassemblement, où, avant de se disperser sur les pistes d'Europe, les peuples nomades s'étourdissaient dans une bacchanale effrénée, où, hormis les Albaines cloîtrées dans leurs tentes, les couples se faisaient et se défaisaient au gré des rencontres, des humeurs, des circonstances.

Raïma était seule. Elle occupait toujours le bas de la couchette double dont elle gardait les rideaux tirés. Les blessés et les malades avaient été transportés dans le dispensaire de toile où officiait Glenn. Des âmes charitables s'étaient occupées, quelques heures plus tôt, de nettoyer la voiture, de l'aérer et de renouveler les diffuseurs d'essences.

Il écarta les rideaux et la découvrit allongée sur le matelas. Comme elle ne tolérait plus le moindre contact avec les étoffes, elle ne portait aucun vêtement ni n'acceptait de drap. De son corps, gisant dans la pénombre, montait une odeur pestilentielle, repoussante. Solman la crut morte, car elle ne bougeait pas, puis elle perçut sa présence et remua faiblement. Il entrevit alors l'éclat de ses yeux au milieu des excroissances qui proliféraient sous la tache sombre de sa chevelure. Il y lut une souffrance dont l'intensité lui coupa le souffle, le vida de ses forces. Il s'assit sur le bord de la couchette, y demeura prostré pendant un long moment avant de sortir, de la poche de sa canadienne, le flacon qui contenait le suc des plantes grimpantes recueilli par Glenn.

« Tu... tu viens me donner... le dernier baiser... Solman... le... boiteux... »

La voix de Raïma, pourtant ténue, presque inaudible, le fit tressaillir. Il avait présumé, au dire de Glenn, qu'elle avait définitivement perdu la raison. Elle ne lui faciliterait pas la tâche, elle ne transigerait pas avec sa propre mort, elle lui imposerait jusqu'à la fin une épreuve à la démesure de sa personnalité. Il souleva précautionneusement le bouchon du flacon. L'odeur amère du poison chassa pendant une poignée de secondes la puanteur de la chair transgénosée.

« Brûle... brûle mon cadavre... Je ne veux pas... pas être enterrée dans ce corps...

— Je le ferai », dit Solman.

Il prit conscience de la douleur aiguë à ses vertèbres cervicales, s'aperçut qu'il se tordait le cou pour éviter de la regarder. La vue, le sens le plus trompeur, le juge des illusions... Alors il se tourna franchement vers elle, s'astreignit à la contempler, à franchir le barrage des apparences, à la « voir » dans son intégrité, à la rejoindre dans le monde des âmes. Il rencontra une femme qui avait beaucoup d'amour à déverser et n'avait trouvé personne pour le recevoir, pas même lui, qui s'était abreuvé comme un voleur à sa source intime. Une femme magnifique, trop fragile pour ses semblables, qui avait en vain cherché le partage dans les bras de rustres de passage. Une femme pure qui avait dressé des épines sur son corps pour affirmer son exigence, pour éloigner les faibles leurrés par les sens.

Il avait fait partie de ces faibles et, pourtant, elle s'était donnée à lui avec une générosité sans limites.

« Glenn est assez fort... Il se débrouillera... Je n'ai pas... pas peur... pour lui... pour moi... Je suis... heureuse... de partir... J'ai eu un peu de bonheur avec toi... Lis le Livre de la religion morte... Lis-le... Je sais que tu me... rejoindras bientôt... bientôt... Je t'aime, Solman... »

Il se rapprocha d'elle, localisa sa bouche, ou ce qu'il en restait, parmi les excroissances dont certaines avaient la grosseur d'un poing. Seuls ses cheveux avaient gardé leur forme et leur texture d'origine. Il lui passa la main sous la nuque et la souleva légèrement pour introduire le goulot dans la cavité. Ses larmes se mirent à couler en même temps qu'il déversait le poison des plantes grimpantes dans le corps de Raïma. Elle rendit le dernier souffle avant même que le flacon ne se vide, sans un spasme, juste une exhalaison prolongée, un souffle qui s'envola dans l'air confiné de la voiture. Il la reposa délicatement sur le matelas, puis, la tête enfouie dans les excroissances de sa poitrine, pleura en silence jusqu'à ce que la nuit envahisse le bunker.

Moram et Wolf avaient exécuté ses consignes, bien que le chauffeur eût tiqué à l'idée de gaspiller du bois pour brûler un cadavre.

« Déjà qu'on risque d'en manquer. L'hiver sera long. »

Le bûcher se dressait au sommet de la colline qui dominait l'entrée du bunker. Quatre chiens avaient suivi Solman lorsqu'il était sorti dans la nuit, ployant sous son fardeau. Des guetteurs avaient proposé de l'accompagner, mais il avait décliné l'offre. Il se doutait cependant que Wolf le suivait à distance, gardien intransigeant, ombre dans les ténèbres. Le poids de Raïma, enroulé dans une couverture, lui martyrisait la jambe gauche, mais il refusait de le poser au sol ne seraient-ce que quelques secondes, même au milieu de la pente raide et instable. Le visage fouetté par des flocons épars, il s'évertuait à suivre les empreintes tracées dans la neige fraîche par les hommes chargés de la corvée de bois. Les chants et les cris du peuple de l'eau décroissaient avec une lenteur désespérante. Les chiens tournaient autour de lui en poussant des jappements plaintifs.

Lorsqu'il atteignit enfin le sommet, il allongea le corps de Raïma sur les bûches au prix d'un dernier effort qui lui brisa les reins. Les hommes avaient prévu du petit bois, des bouts d'étoffe enduits de résine et un briquet à gaz posé en évidence sur une pierre. Il eut besoin d'un bon quart d'heure pour récupérer, assis sur une traverse métallique, la jambe gauche assaillie par une douleur effroyable.

Il alluma le bûcher. Le feu giflé par le vent dévora le bois avec un appétit effarant. Le corps de Raïma s'enflamma mais, étrangement, ne dégagea pas d'odeur, comme si elle n'avait jamais appartenu à ce monde. La chaleur entraîna Solman à se reculer. Les larmes aux yeux, il contempla la fumée grise qui montait vers le ciel, aussi légère et joyeuse que l'âme enfin libre de la guérisseuse.

VIII

« On n'y voit pas à deux pas ! » gronda Moram.

La neige tombait à gros flocons depuis qu'ils avaient quitté l'abri du bunker, trois ou quatre heures plus tôt. Elle donnait aux ruines une uniformité blanche que brisait seulement le vert vif des plantes grimpantes sur lesquelles elle semblait n'avoir aucune prise. Moram avait d'abord gardé un revolver à la main, puis, ses doigts s'engourdissant, il avait remisé l'arme dans la poche de son manteau et avait enfilé le deuxième gant fourré. Hora portait, par-dessus sa robe de sourcière, une cape de laine dont l'épaisseur ne suffisait pas à la protéger du froid. Son visage avait perdu sa belle carnation et ses lèvres avaient pris une teinte bleuâtre. Les sourciers n'étaient pas équipés pour affronter les grands froids car, en temps ordinaire, ils remplissaient les citernes à la fin de l'été et n'avaient pas besoin de partir en rhabde pendant les mois d'hiver.

Hora avait exprimé le souhait de se mettre le plus rapidement possible en chasse, et Moram s'était tout naturellement proposé de lui servir de garde du corps.

Sur les trois jours qui avaient suivi l'installation des Aquariotes dans le bunker, Moram en avait utilisé deux à dormir et l'autre à démonter le réservoir de son camion. Hora et lui n'avaient donc pas eu le temps de se voir, elle partageant de surcroît une voiture avec une dizaine de femmes veuves ou célibataires, lui refusant de l'inviter dans sa cabine. Il ne voulait pas associer leur première union aux odeurs intempestives d'huile, d'essence, et à l'inconfort sordide de la couchette d'un camion. Il préférait attendre que mère Nature tisse un cocon digne de Hora, digne de ses sentiments pour elle.

Les chiens tournaient inlassablement autour d'eux, s'évanouissaient parfois dans les flocons, réapparaissaient quelques instants plus tard le long d'un bâtiment éventré ou derrière une colline de ruines. C'était dorénavant une habitude : dès qu'un homme, une femme ou un petit groupe quittaient le bunker, trois ou quatre chiens les accompagnaient, une escorte rassurante quand il s'agissait de s'aventurer dans la ville de l'ancien temps, agaçante quand il s'agissait de s'isoler pour satisfaire un besoin naturel.

Bien que l'eau fît désormais l'objet d'un rationnement drastique, personne d'autre que Moram ne s'était porté volontaire pour accompagner la sourcière. Comme dans la petite ville fortifiée, les rescapés aquariotes et sheulns ne songeaient qu'à s'aménager une vie confortable dans l'abri du bunker. Leur principale occupation consistait à fonder de nouvelles familles qui leur feraient oublier les anciennes, déchirées, dispersées, disparues. Ils exploitaient ce long répit pour recréer des nids d'intimité, pour retrouver un peu de cette chaleur humaine qui les avait fuis tout au long de leur périple. Qu'elles reflètent la lâcheté ou l'inconscience, leurs dérobades avaient arrangé Moram dans le fond. Elles lui offraient l'opportunité d'une balade en tête à tête avec Hora. Toutefois, il s'était senti gagné par la timidité dès qu'ils avaient franchi la porte du bunker, et c'était pratiquement sans dire un mot qu'ils avaient entamé l'exploration des ruines.

Hora tenait sa baguette à deux mains à hauteur de son bassin et la gardait pointée vers le sol. Elle ne portait pas de gants, « pour ne pas générer d'interférence entre le bois et sa peau ». Ses doigts gourds avaient lâché la fourche de coudrier à plusieurs reprises. Moram avait ramassé la baguette et tenté de lui réchauffer les mains en les glissant sous sa veste. Ils étaient restés enlacés de longues minutes sous les averses de flocons, se transformant peu à peu en statues de neige, mais une pudeur déconcertante avait empêché leurs lèvres de se chercher.

Ils suivaient à présent la rive de la Loire dont les bourrasques dévoilaient par intermittence la surface gelée. On distinguait, entre les vestiges des anciens ponts, les formes anguleuses de carcasses de bateaux. Moram se demanda comment le peuple de l'eau réussirait à franchir le fleuve si les circonstances l'obligeaient à repartir d'urgence sur les pistes. Pas question de se lancer directement sur la glace : elle avait beau être épaisse, rien ne garantissait qu'elle fût capable de supporter le poids des camions. La meilleure – la seule –

solution consisterait à construire des barges avec des branches et des troncs d'arbres, mais, pour cela, il faudrait attendre le printemps... Il observa la jeune femme qui marchait sur la neige d'une allure de somnambule. Les Aquariotes étaient, quoi qu'il arrive, condamnés à rester plusieurs mois dans ces ruines, et Hora, l'apprentie sourcière, la femme qu'il aimait, tenait au bout de sa baguette l'avenir des derniers hommes.

« On peut peut-être se reposer et manger un morceau », proposa-t-il.

Elle acquiesça d'un mouvement de tête, trop exténuée pour parler. Des cristaux de givre criblaient les mèches indisciplinées de sa chevelure ambrée et relevée en chignon. Son cou élancé, une pure merveille, un jaillissement de grâce, émergeait du col relevé de sa cape. Sa pâleur inquiéta le chauffeur. Il fouilla les environs du regard à la recherche d'un abri, avisa l'embrasure d'une porte basse sur un pan de mur coincé entre un monticule de pierres envahi par les plantes grimpantes et un bosquet d'arbres foudroyés par le gel.

« On sera peut-être à l'abri, là-dedans. »

Il la prit par le bras et l'entraîna vers la porte dont le linteau de guingois les obligea à se courber pour en franchir le seuil. Ils pénétrèrent dans une petite pièce qui évoquait un vestibule. Ils entrevirent d'autres salles par une deuxième ouverture défoncée, ployée par l'effondrement du bâtiment. Une chape de béton pratiquement intacte tendait un toit hermétique au-dessus de leurs têtes. Moram posa sa besace et ses deux revolvers sur un monceau de gravats, se défit de son manteau qu'il étala comme une couverture sur le carrelage écaillé, puis invita Hora à s'asseoir. Les chiens restèrent couchés à l'extérieur, les pattes antérieures écartées, le museau posé dans la neige.

« Ta baguette n'a rien capté ? » demanda Moram en sortant de sa besace le thermos de kaoua et les provisions.

Elle ne répondit pas, les yeux rivés au sol, les mâchoires tremblantes. Des flocons poussés par le vent mugissant traversaient de temps à autre la pénombre comme des éclats de songe.

« Même pas un signe ? Je sais pas, moi, une petite vibration par exemple ? insista le chauffeur.

— Je... je ne suis pas sûre d'avoir le don, murmura-t-elle. Miriel s'est empoisonnée à cause de moi.

— Non, pas à cause de toi. Elle ne voulait plus vivre, elle a trouvé ce prétexte pour mourir. Tu lui as donné l'occasion de partir en beauté. »

Elle leva sur lui un regard étonné.

« Tu ne parles pas comme un chauffeur.

— Pourquoi ? Les chauffeurs ne sont bons qu'à dire des con... des bêtises ? »

Les joues pleines de Hora rosirent légèrement, recouvrèrent en partie leur couleur d'origine.

« Ce n'est pas ce que je voulais dire...

— Rien de bien nouveau là-dedans, fit Moram d'un ton pincé. De tous temps, les sourciers ont méprisé les chauffeurs. »

Il retira le bouchon du thermos et, s'en servant comme d'une tasse, le remplit de kaoua. Il le tendit à Hora qui hésita quelques secondes avant de l'accepter. L'amertume et la chaleur du breuvage lui plissèrent les yeux et lui retroussèrent le nez.

« Je ne voulais pas t'offenser, Moram. Je te trouve seulement... différent des autres chauffeurs.

— C'est vrai que j'ai jamais aimé plonger les mains dans la mécanique, concéda-t-il. Mais je leur ressemble sur bien d'autres points. Enfin, je leur ressemblais avant de devenir l'équipier de Chak et de me retrouver en compagnie du donneur. Avant, surtout, de... te rencontrer. »

De roses, les joues de la jeune femme virèrent au rouge. Ils mangèrent en silence les morceaux de viande fumée, les fruits secs et les galettes de céréales que leur avaient fournis les intendants.

« Moi, je sais que tu as le don, reprit Moram après avoir bu une gorgée de kaoua.

— J'aimerais partager tes certitudes.

— Il faut seulement que tu aies confiance en toi comme j'ai confiance en toi. Tu trouveras de l'eau avant ce soir, je le sens. »

Elle le fixa soudain avec une telle intensité que ce fut à son tour de rougir. Elle dégrafa sa cape de laine et, d'un mouvement des épaules, la fit glisser sur le carrelage, dévoilant sa robe écrue de sourcière dont les drapés laissaient ses bras et une partie de son ventre nus. Médusé, il la vit retirer ses bottines fourrées, se relever, s'avancer et s'agenouiller devant lui. Ensuite, il se rendit compte, comme dans un rêve, qu'elle lui arrachait son bonnet, qu'elle lui posait les mains sur le cou et qu'elle écrasait ses lèvres sur les siennes. Son baiser intrépide, maladroit, la saveur de sa bouche, la sensualité qu'elle dégageait attisèrent dans les veines de Moram le feu allumé par le kaoua. Ils se renversèrent sur son manteau, enchevêtrés, emmêlés dans les plis de leurs vêtements. Les drapés se dénouèrent et libérèrent les jeunes seins de Hora. Les mains de Moram, fou de désir, s'en emparèrent avec frénésie, puis commencèrent à se glisser sous le bas de sa robe.

Il fut transpercé par un éclair de lucidité, comme une sonnerie de retraite déchirant le tumulte d'un combat.

« Après, après, gémit-il. Quand... quand tu auras trouvé de l'eau... »

Il s'étonna de s'entendre prononcer ces paroles, lui qui n'avait jamais su résister à un corps de femme. Elle se redressa, les lèvres luisantes, couleur cerise sauvage, les yeux brillants, les cheveux en bataille.

« Tu n'as pas de désir pour moi? »

Il couvrit d'un regard chaviré sa poitrine offerte.

« Si tu as autant de désir de trouver de l'eau que j'ai du désir pour toi, alors les Aquariotes auront de quoi boire pendant plus de mille ans! »

Elle eut un sourire qui le bouleversa, l'embrassa avec fougue et entreprit de rajuster les drapés de sa robe. Moram demeura allongé sur le sol, abasourdi, vibrant de la tête aux pieds, se traitant de tous les noms d'oiseaux de son répertoire, et mère Nature seule savait combien son répertoire était riche.

« Tu n'es vraiment pas un chauffeur comme les autres, fredonna-t-elle.

— Tu en as connu beaucoup?

— Je ne me suis encore donnée à personne, mais beaucoup, dont Chak, ne demandaient pas mieux que de... que de me connaître. »

Moram se rendit compte qu'ils s'étaient éloignés du périmètre de la ville de l'ancien temps. Le ruban légèrement assombri de la Loire s'égarait en amples méandres entre les collines aux courbes douces qui avaient supplanté les reliefs irréguliers des ruines. Il lança un coup d'œil impatient à Hora, qui, la tête enfouie dans le col de sa cape, marchait à pas lents dans la neige fraîche. Impatient parce que la rhabde ne donnait rien, certes, mais surtout parce que son désir, fouetté par le kaoua, ne s'était pas refroidi durant les deux ou trois heures qui avaient suivi leur première étreinte dans la petite pièce du bâtiment affaissé. Il ne regrettait pas sa décision : elle avait surgi d'une zone très profonde de lui-même, et, même s'il ne pouvait pas l'expliquer, il savait, oui, il savait qu'elle était juste, nécessaire à l'épanouissement de Hora. La découverte des sens l'aurait accaparée, empêchée de concentrer son énergie sur la rhabde.

Les chiens, infatigables, gambadaient sur les versants des collines. Les nuages s'effilochaient et révélaient la trame bleu-gris d'un ciel où s'étiraient quelques traînées rougeâtres annonciatrices du crépuscule.

« Faudrait retourner sur nos pas, maintenant, dit Moram. On s'est déjà trop éloignés du bunker.

— Pas maintenant, répondit Hora sans se retourner. Ma baguette, elle se tend ! »

Moram faillit répliquer que lui-même était tendu depuis un bon moment, mais il y renonça : il ne tenait pas à ternir sa réputation toute neuve de chauffeur « différent ».

« T'es sûre ?

— Il y a de l'eau ici.

— Ben, de l'eau, il suffit de casser la glace du fleuve pour en apercevoir...

— Les baguettes ne détectent que les nappes phréatiques, les cuves ou les sources souterraines, pas les fleuves, ni les rivières, ni les ruisseaux ni les flaques.

— Personne n'a jamais essayé de boire de l'eau de pluie. Elle est peut-être bonne, après tout.

— Elle est sans doute moins toxique que l'eau contaminée par les anguilles^{GM}, mais elle provient de nuages qui ont traversé les zones radioactives ou polluées par les émanations chimiques. Helaïnn l'ancienne m'a dit que certains peuples ont essayé d'en boire, soit parce que les Aquariotes n'avaient pas réussi à les livrer à temps, soit parce qu'ils n'approuvaient pas l'Éthique nomade. Ils ont disparu de la surface de la Terre en moins de dix ans. Même en la recueillant avant qu'elle ne touche le sol, elle est porteuse de maladie, de mort. Et maintenant, Moram, tais-toi : tu es dans une rhabde, et les sourciers ont besoin de silence, de concentration. »

Elle lui adressa un clin d'œil par-dessus son épaule pour dissiper le flottement engendré par la rudesse de son ton.

Ils abandonnèrent la rive de la Loire pour s'enfoncer dans une forêt d'arbres décharnés. Les chiens émettaient à présent des grognements sourds et ne s'éloignaient plus des deux humains dont ils avaient la garde. Leur comportement poussa Moram à retirer un de ses gants et à se munir d'un revolver. Penchée vers l'avant, comme entraînée par sa baguette, Hora se dirigea vers une éminence qui, de loin, évoquait un tertre rocheux.

L'attaque fut si soudaine que Moram n'eut pas le temps de tirer le moindre coup de feu. Il crut d'abord avoir affaire à de drôles d'animaux à deux pattes, puis se rendit compte que c'étaient des... hommes. Une vingtaine. Mâles et femelles. Vêtus de peaux cousues grossièrement, poussant des hurlements stridents, brandissant des massues, des pierres, des branches taillées en pointe et durcies au feu. Ils avaient jailli des rochers disséminés entre les arbres et fondu sur les chiens et les deux Aquariotes dans l'intention manifeste de les massacrer – et, sans doute, de manger leur chair. Le chauffeur avait déjà rencontré ce genre de tribu perdue dans les plaines de l'Europe de l'Est ou dans le massif montagneux de la Suisse. Les nomades les désignaient sous le nom de « sauvages », mais leur donnaient plus généralement le sobriquet de « cromagnons ». Adeptes du cannibalisme, ils ne survivaient qu'en buvant le sang de leurs victimes, animales ou humaines. Ils ne constituaient pas un réel danger dans la mesure où, peu nombreux, ils ne s'attaquaient jamais aux convois et qu'il suffisait de quelques coups de feu pour les égailler, mais ils n'hésitaient pas à s'en prendre aux promeneurs isolés.

Moram passa le bras autour de la poitrine de Hora et la maintint serrée contre lui.

Les chiens avaient réagi avec une promptitude remarquable. Ils avaient happé les agresseurs les plus proches par les jambes et les avaient renversés d'une simple torsion du cou. Puis, exploitant l'indécision des autres, ils s'étaient répandus dans leurs rangs. Agiles, vifs, esquivant sans difficulté les pierres et les pieux, ils formaient à présent un escadron de griffes et de crocs qui frappait sous tous les angles avec une précision implacable. La gorge brisée, les vertèbres broyées, le ventre ouvert, les cromagnons s'effondraient l'un après l'autre comme des masses entre les troncs. Voyant que les choses tournaient mal, quelques-uns tentèrent de s'enfuir, mais les chiens, impitoyables, les rattrapèrent en quelques bonds, les renversèrent, leur sectionnèrent la carotide d'un coup de mâchoire et entamèrent la curée en commençant par les viscères.

« Mon Dieu », gémit Hora, livide.

Tremblant de tous ses membres, elle peinait à retenir sa baguette, toujours tendue en direction du tertre, et, sans l'appui de Moram, elle se serait probablement affaissée dans la neige. Le silence de la forêt s'emplit de clappements de langue et de craquements d'os.

« L'eau ! »

Hora se débarrassa de sa cape et glissa sa baguette dans la poche ventrale de sa robe. Le rayon de la lampe de poche de Moram essayait de cerner les limites de la cuve mais il s'évanouit avant d'atteindre le bord opposé. La sourcière et le chauffeur s'étaient faufilés dans ce qui ressemblait à une ouverture en bas du tertre et avaient longé un couloir étayé par des poutrelles métalliques au bout duquel ils avaient localisé la trappe du conduit, dissimulée derrière un paravent rocheux. À la lueur de la lampe, Moram avait désagrégé le couvercle en ciment armé à l'aide de la crosse de son revolver, puis, épuisé, avait achevé de le dégager en tirant une dizaine de balles sur les scellés métalliques. Ils avaient dévalé le conduit à la façon d'un toboggan et avaient débouché dans la salle entièrement capitonnée de béton où reposait la cuve en métal inoxydable.

« À mon avis, elle se terre une vingtaine de mètres en dessous du niveau du sol, chuchota Moram. Les tuyaux sont suffisamment longs pour... »

Il se tut, prenant conscience que Hora se concentrait pour affronter l'épreuve de vérité. Il s'assit sur une saillie et observa la jeune femme, fasciné, amoureux, envahi, également, d'un sentiment d'inquiétude. Personne ne viendrait les déranger – les chiens gardaient l'entrée du tertre –, mais, si Hora commettait une erreur de jugement, elle lui serait enlevée avant même de lui avoir été donnée. La température était agréable, environ une quinzaine de degrés au-dessus de zéro.

Hora inspecta soigneusement ses mains et ses poignets avant de retrousser sa robe et de s'accroupir sur le bord de la cuve. Elle fixa la surface frissonnante de l'eau sans bouger, et Moram eut l'impression que, comme Solman, elle tentait d'entrer en contact avec l'élément, de voir au-delà des apparences. Elle tendit le bras, puisa de l'eau dans le creux de sa paume et, d'un geste ferme, en versa quelques gouttes dans sa bouche.

Le souffle du chauffeur se suspendit.

« Allons annoncer à notre peuple que l'eau nous est donnée », déclara Hora au bout de quelques secondes d'un silence irrespirable.

Elle se releva, se retourna, déroula les drapés de sa robe avec une lenteur calculée, retira ses bottines puis le pagne qui lui servait de sous-vêtement, et, nue, altière, s'avança vers Moram.

« J'ai trouvé l'eau, dit-elle avec un sourire triomphal. Elle a un goût prononcé de chlore, mais elle est saine. À toi maintenant de tenir ta promesse. »

Il avait certainement connu des femmes mieux proportionnées, plus provocantes, mais aucune ne l'avait subjugué comme Hora, aucune ne l'avait ainsi réconcilié avec lui-même. La preuve, il n'éprouvait plus le besoin obsessionnel de se raser depuis qu'il l'avait empêchée de se jeter dans l'eau empoisonnée du labyrinthe souterrain.

La nuit était tombée quand, guidés par les chiens, ils reprirent le chemin du bunker. Demain, Moram demanderait aux chauffeurs de transférer leurs reliquats de gaz dans le réservoir d'un camion et irait remplir une citerne. Hors de question d'attendre un jour de plus. Hora, à sa première rhabde, avait trouvé une quantité phénoménale d'eau, et il fallait que le peuple aquariote le sache, lui pardonne la mort de Miriel, lui rende l'hommage qu'elle méritait.

Allongés sur la cape et le manteau étalés, ils avaient envisagé un temps de s'aimer toute la nuit dans l'obscurité paisible de la cuve, puis ils s'étaient résignés à rentrer au bunker. Ils ne souhaitaient ni l'un ni l'autre que leur absence prolongée ne déclenche l'alerte dans le campement.

La tiédeur insolite de l'air intrigua le chauffeur. Il soufflait comme un vent de douceur, comme une brise printanière, dans les ruines de la ville de l'ancien temps.

« Curieux, on dirait que l'hiver touche à sa fin, murmura-t-il. Il vient pourtant tout juste de commencer. »

Hora, qui marchait rêveusement à ses côtés, ne répondit pas. Seule une pensée pour Miriel l'empêchait de savourer pleinement sa joie d'avoir été consacrée le même jour sourcière et femme.

IX

Solman trouva Ibrahim à côté du dispensaire, qui, grâce aux bons soins du vieil homme et grâce au don de Glenn, se vidait peu à peu de ses pensionnaires malgré la pénurie de plantes séchées.

« On ne te voit plus guère ces jours-ci, Solman! Pas plus que Kadija. »

Les yeux pétillants de malice d'Ibrahim étaient les dernières traces de jeunesse dans un corps rattrapé par les années. La prévention génétique, qui lui avait permis d'approcher les deux cents ans, semblait avoir cessé son effet. Ses rides se creusaient, des taches brunes fleurissaient sur son crâne nu, ses épaules se tassaient, son dos s'arrondissait, sa démarche perdait de sa vigueur, de son assurance, sa voix elle-même s'enrouait.

« J'étais occupé à lire, dit Solman

— Lire? s'étonna le vieil homme. Je croyais que les peuples nomades ne connaissaient plus que la tradition orale.

— Les pères et mères du peuple m'ont appris à lire autrefois, mère Joïnner surtout. Elle aimait les livres. Elle en possédait quelques-uns qu'elle gardait comme les plus précieux des trésors. Je ne sais pas ce qu'ils sont devenus. Il m'a fallu du temps pour réapprendre à déchiffrer les mots. »

Un vent d'euphorie soufflait sur le campement depuis deux jours : Hora avait trouvé une réserve d'eau potable, immense selon les dires de Moram, plus fier encore que la jeune sourcière. Il avait demandé aux chauffeurs, puisque les moteurs n'étaient pas encore prêts à rouler à l'essence, de transférer dans un seul camion les dernières gouttes de gaz des réservoirs qui n'étaient pas encore démontés, puis il avait organisé une expédition afin de remplir une citerne. Quatre hommes l'avaient accompagné, armés jusqu'aux dents, ainsi qu'une dizaine de chiens. Des clameurs avaient salué son retour. Mère Nature n'avait pas abandonné ses derniers enfants, l'eau, le principe de toute vie, leur était donnée. On avait célébré l'événement par un banquet improvisé, on avait dressé, au centre de l'excavation qui jouxtait l'entrée du bunker, une broche sur laquelle on avait grillé des quartiers de bœuf, on avait vidé les dernières bouteilles de vin aigre troquées deux ans plus tôt avec un peuple méditerranéen, on avait dansé et chanté une grande partie du jour et de la nuit. Ni le donneur ni Kadija, qu'on surnommait désormais la « fée », n'avaient pris part aux réjouissances : le bruit s'était répandu que le boiteux n'osait plus paraître en public parce qu'il avait perdu son don, que la fée s'était retirée dans son royaume après avoir exaucé les vœux du peuple de l'eau. Quelques langues perfides avaient insinué que le boiteux et la fée... enfin, vous voyez ce que je veux dire... mais d'autres avaient rétorqué que les fées n'étaient pas vraiment des femmes, pas davantage que le boiteux n'avait vraiment... avec Raïma... qu'il n'était vraiment non plus... vous me comprenez, n'est-ce pas ?

Seuls Moram et Wolf savaient que Solman avait passé trois jours et trois nuits entières sans manger ni boire dans une remorque vide, avec, pour toute compagnie, le Livre interdit de Raïma, une lampe de poche, un matelas et une couverture de laine. Il leur avait demandé à n'être dérangé sous aucun prétexte. Quant à Kadija, elle s'était éclipsée avec la même discrétion que dans les grottes du labyrinthe souterrain.

Les vents chauds continuaient de souffler, les températures grimpaient à une allure vertigineuse et la neige commençait à fondre. Les Aquariotes estimaient que mère Nature, généreuse, leur avait également envoyé un printemps précoce.

« Qu'est-ce que tu lis ? » demanda Ibrahim.

Solman sortit le livre de Raïma de la poche de sa canadienne et le tendit à son interlocuteur. Après avoir observé la couverture de bric et de broc, Ibrahim l'ouvrit et le feuilleta avec délicatesse.

« Le Nouveau Testament, murmura-t-il. Le livre des chrétiens.

— L'Éthique nomade avait interdit la pratique des anciennes religions. Raïma, elle, pensait que le Livre apportait des réponses. Surtout dans la dernière partie, l'Apocalypse de saint Jean.

— L'Apocalypse... Elle a suscité bien des commentaires,

bien des interprétations. Même à mon époque. Surtout à mon époque. On ne compte plus les voyants, sincères ou charlatans, qui se sont inspirés de ce texte pour prédire la fin du monde. Pourquoi t'y intéresses-tu?

— J'ai ressenti le besoin de m'y plonger après la mort de Raïma. »

Les yeux de Solman s'embuèrent. Il avait pris conscience, après avoir brûlé le corps de la guérisseuse, qu'elle avait laissé un vide immense. Il n'avait pas su combler le fossé qui les avait séparés du temps où elle vivait, il lui serait encore plus difficile de jeter un pont entre le monde de l'en-bas et le monde des morts.

« Il m'a semblé l'entendre me parler, me supplier de lire le Livre, reprit-il d'une voix hésitante. Ce n'était pas un rêve ni une vision, juste une présence, un chuchotement.

— Et Kadija, tu as une idée de l'endroit où elle se cache? »

Solman secoua la tête.

« Non, mais je sais qu'elle se manifestera au moment où je serai prêt.

— Prêt à quoi?

— Je l'ignore. Elle a besoin de moi autant que les derniers hommes ont besoin d'elle. Je voulais aussi comprendre la relation entre le Livre et son monde.

— Il y en a une?

— J'en suis maintenant persuadé. »

Ibrahim s'absorba de nouveau dans la lecture de quelques passages. Les gémissements qui montaient du dispensaire de toile se jetaient comme d'infimes ruisseaux sonores dans la rumeur du campement. La lumière du jour, s'engouffrant par les ouvertures, perdait de son éclat dans cette salle, la cinquième du premier niveau, l'une des plus vastes. Le suc des plantes grimpantes luisait sur les murs avec l'intensité sournoise d'un prédateur aux aguets. Quelques Sheulns, qu'on ne reconnaissait plus qu'à leur français maladroit et à leur accent guttural, se mêlaient aux lavandiers des deux sexes qui étendaient du linge sur les fils tendus entre les voitures.

« La vision ne te suffit donc pas? demanda Ibrahim.

— La vision m'a abandonné ces jours-ci. De toute façon, Kadija n'a de l'humanité qu'une image tronquée. Je dois parcourir mon propre chemin pour mieux la comprendre, pour, également, l'aider à mieux nous comprendre.

— Et lui prouver que l'humanité est digne d'être sauvée? »

Solman ne répondit pas. L'humanité avait commis tant

d'erreurs dans le passé qu'elle avait sans doute mérité d'être chassée de sa terre. Mais il doutait que ceux qui étaient appelés à lui succéder, les Saints, soient vraiment ces fruits de l'évolution supérieure dont parlait Kadija.

« Avez-vous entendu parler de l'*Eskato* ? »

Ibrahim fronça les sourcils, referma le Livre et garda les yeux rivés sur la couverture d'un air hagard. Solman eut l'impression qu'il plongeait en chute libre dans un passé très lointain et qu'il en éprouvait le vertige.

« L'*Eskato*, dit le vieil homme d'une voix éteinte. Mon Dieu, où as-tu déniché ce nom ?

— Dans l'esprit de Kadija. »

Ibrahim lui rendit le livre et se dirigea vers l'entrée du dispensaire.

« Donne-moi le temps de prendre une veste. Et aussi de quoi manger, tu es plus maigre qu'un chat sauvage. Nous serons mieux dehors pour discuter. »

Le climat semblait s'être métamorphosé d'un coup de baguette magique – la baguette de Hora ? Le changement était intervenu après qu'elle avait trouvé de l'eau... La neige fondait à une vitesse étonnante, et déjà, des perce-neige avaient éclos, des bandes de terre brune et grasse, des plaques de béton fissurées, des branches d'arbres pourries se dévoilaient au milieu des anciennes rues de la ville morte. Seule la glace épaisse emprisonnant la Loire paraissait pour l'instant épargnée par le redoux. Le vent tiède, humide, poussait des troupeaux de nuages gris qui fusaient dans le plus grand désordre au-dessus des collines et des ruines.

« Ce réchauffement climatique m'inquiète, dit Ibrahim.

— Le printemps est parfois précoce, c'est arrivé d'autres fois, fit Solman.

— Je n'appellerais pas ça un printemps précoce, mais un dérèglement excessif. Les dinosaures ont été rayés de la surface du globe à l'issue d'un phénomène analogue, à cette différence près qu'il s'agissait d'un brusque refroidissement. Peut-être la terre prépare-t-elle la revanche des animaux à sang froid ? »

Le temps clément, qui incitait les Aquariotes à quitter l'abri du bunker, ne facilitait pas la tâche de surveillance des chiens. Ils ne savaient plus où donner de la tête entre les couples qui partaient en promenade, les chauffeurs qui transportaient les réservoirs pour les purger à l'air libre, les petits groupes qui ramassaient du bois dans les ruines afin d'alimenter les braseros et les enfants qui, mis en confiance par l'insouciance des adultes, reculaient sans cesse les limites de leurs terrains de jeux. L'ange, lui, restait impassible dans un recoin de la première salle. Personne ne l'avait vu manger, boire ou prendre un peu de repos, au point que, sans la lumière indéchiffrable qui éclairait ses yeux, il aurait pu passer pour l'un des solbots alignés contre les murs. Les rumeurs allaient bon train sur lui aussi. Elles le dépeignaient tantôt comme un être d'essence surnaturelle, tantôt comme un homme possédé par une force divine ou démoniaque. Certaines en faisaient le frère de Kadija tant sa ressemblance était frappante avec la fée. Elles traduisaient en tout cas la curiosité, la fascination, qu'il exerçait sur les Aquariotes.

« Ici, nous serons bien », dit Ibrahim.

Les trois chiens qui les avaient suivis se couchèrent à quelques pas de la grosse pierre où s'assirent les deux hommes. Ils avaient gravi une colline qui surplombait la Loire après avoir suivi le tracé maintenant apparent d'une ancienne rue. Ils burent au goulot de la gourde dont s'était muni le vieil homme, puis mangèrent des restes de bœuf grillé et des fruits secs. Le vent les enveloppait comme une haleine chaude et parfumée. Quelques fleurs aux pétales mauves se déployaient entre les stries neigeuses couleur de terre. Les plantes grimpantes qui assaillaient un amas de carcasses métalliques sur l'autre versant de la colline émettaient un chuintement continu, menaçant. La flore connaissait un regain d'activité qui, lui non plus, ne paraissait pas normal.

« J'ai effectivement entendu parler de l'*Eskato*, dit Ibrahim après avoir bu une gorgée d'eau. Au début du XXIe siècle. Je me trouvais alors à l'observatoire de Kitt Peak, dans une réserve indienne de l'Arizona, l'un des États des États-Unis d'Amérique. Un soir, un homme est venu frapper à la porte du motel où je résidais. Il était australien et astrophysicien, comme moi, et parlait un français impeccable. Je ne l'aimais pas parce qu'il avait, vis-à-vis des Indiens de la réserve, une attitude méprisante, presque insultante.

— Les Indiens ? releva Solman.

— J'aurais dû dire les « Natives » ou les Amérindiens. Leur nom vient de l'erreur de Christophe Colomb, l'homme qui a découvert le continent américain. Il a cru qu'il avait touché les Indes en suivant la direction de l'ouest. Peu importe, les Indiens étaient répartis en tribus nomades, eux aussi. Ils ont été exterminés par les Européens qui convoitaient leurs terres, puis les survivants ont été parqués dans des réserves. Un épisode monstrueux dans l'histoire de l'humanité, tout comme l'esclavage des peuples africains, tout comme l'Holocauste de la Deuxième Guerre mondiale, tout comme ces massacres à grande échelle qui préludaient à la destruction quasi totale des hommes. Marty Van Eyck, c'était le nom de l'Australien, m'a parlé d'une organisation secrète, de type parareligieux, qui voyait dans la science contemporaine la possibilité d'accomplissement des miracles du Christ. »

Il désigna la poche de la canadienne où Solman avait glissé le Livre.

« Nous revoilà avec le Nouveau Testament... Pour lui, la science était la religion du troisième millénaire. Dieu avait donné aux hommes les moyens de réaliser leurs rêves. Inutile de te dire que je n'étais pas d'accord avec lui. »

Le vieil homme leva les yeux au ciel, puis retira sa veste de laine et prit une longue inspiration. Des flaques d'eau scintillaient sur la glace de la Loire désormais débarrassée de sa couche superficielle de neige.

« Il me proposait de rejoindre son mouvement où, selon lui, s'étaient engagés déjà un grand nombre de scientifiques de haut niveau, un grand nombre de politiciens, un grand nombre d'hommes et de femmes dont le point commun était d'appartenir à l'élite, intellectuelle, culturelle ou financière. Un cercle très fermé qui prenait racine dans les multiples organisations élitistes, ou pseudo-élitistes, qui ont jalonné l'histoire de l'humanité. Je lui ai posé quelques questions auxquelles il ne m'a pas vraiment répondu, mais j'ai mené ma petite enquête par la suite et j'ai appris que son mouvement était né au début de l'ère industrielle, à la fin du XIXe siècle, en Europe occidentale. Un premier embryon regroupant industriels et scientifiques, qui, j'en suis persuadé, se croyaient éclairés, pensaient réellement agir pour le bien commun. Ils se sont violemment opposés au communisme mis en place par la révolution russe : la doctrine du tout collectif leur paraissait dangereuse. Elle remettait en cause le principe des élites, du moins dans ses idéaux, car, par la suite, le communisme n'a fait qu'engendrer un nouvel élitisme aussi aberrant et meurtrier que les autres. Ils ont donc œuvré dans l'ombre pour la déclaration de la Première Guerre mondiale, en 1914. Je n'irai pas jusqu'à prétendre qu'ils ont eux-mêmes commandité l'assassinat de Jaurès, ou celui de l'archiduc

François-Ferdinand à Sarajevo, mais je crois qu'ils ont eu une influence décisive dans le déclenchement du conflit, d'autant que les intérêts économiques étaient considérables. »

Du regard, Ibrahim s'assura que Solman ne manifestait pas de signes d'incompréhension ou d'impatience. Toutes ces notions étaient évidentes pour lui qui, né en 1985, avait baigné dans l'histoire de son siècle, mais elles ne recouvraient aucune réalité concrète pour les nomades, livrés à eux-mêmes sur des territoires rasés, incendiés, pollués. Les bombes à effets successifs de la Troisième Guerre mondiale n'avaient laissé aucunes archives, aucun autre vestige de l'ancien temps qu'une poignée de ruines. Le donneur aquariote l'écoutait avec une attention soutenue, les paupières mi-closes, comme s'il cherchait à s'imprégner de ses paroles, à les relier à ses propres perceptions, aux événements récents, aux écrits du Nouveau Testament.

« Le cercle s'est agrandi à la fin de la Première Guerre mondiale, reprit Ibrahim. Une époque florissante pour la science : la théorie de la relativité avait fait son apparition, on avait jeté les bases de la physique quantique, on commençait à retracer la cosmogonie de l'univers, à développer l'aéronautique, bref, on assistait à une véritable explosion de la connaissance. C'est à cette période que le cercle conçut l'idée d'un vaste projet visant à utiliser tous les ressorts de la science pour développer son concept d'élite. Je ne pense pas qu'il soit directement responsable de l'émergence de Hitler et des idéologues nazis, des hommes d'Autriche et d'Allemagne qui se prétendaient issus d'une race supérieure, mais je reste convaincu qu'il a tissé des relations privilégiées avec eux, qu'il a en partie financé le parti nazi et aidé Hitler à conquérir le pouvoir en l'Allemagne. Et il a utilisé la Deuxième Guerre mondiale comme champ d'expérience pour son projet : il s'agissait d'observer comment on pouvait exterminer un ou deux peuples à l'échelle industrielle. Les nazis ont créé de gigantesques mouroirs, des camps de concentration où on utilisait les chambres à gaz pour éliminer systématiquement les peuples juifs et tziganes ainsi que les opposants politiques, les homosexuels et les résistants. Les juifs, pour des raisons autant idéologiques que financières : les Chrétiens les accusaient depuis toujours d'avoir crucifié leur prophète, Jésus-Christ, et ils détenaient une partie non négligeable des richesses. Je me suis toujours demandé, dans le fond, si les nazis n'avaient pas cherché à démontrer que deux peuples élus ne pouvaient pas coexister sur cette terre. Quant aux Tziganes, les derniers nomades d'Europe, ils faisaient peut-être souffler un vent de liberté insupportable dans un monde qui se couvrait de clôtures, de barricades, de miradors, de frontières. Ensuite, j'ai perdu les traces du cercle, comme s'il s'était évanoui dans la nature. Ses membres l'avaient-ils dissous pour ne pas être impliqués dans les procès qui ont suivi la Deuxième Guerre mondiale ? La proposition de Marty Van Eyck, près de quatre-vingts ans après l'année 1945, montrait qu'il n'en était rien. Le cercle avait continué ses activités, mais les avait entourées du secret absolu. J'aurais sans doute dû feindre d'accepter pour le découvrir de l'intérieur et alerter l'opinion internationale, mais j'étais de nature impulsive et, lorsqu'il a évoqué ce projet insensé, je n'ai pas pu maîtriser ma colère, je lui ai balancé mon poing dans la figure. Il s'est retiré après m'avoir menacé de mort. Je me suis alors terré dans le sud de la France, assez lâchement je dois dire, j'ai pris peur après avoir mené mon enquête et je me suis réfugié dans l'observation des astres. Jusqu'au jour où j'ai vu se profiler la menace de la Troisième Guerre mondiale et où j'ai décidé avec quelques amis de sauvegarder une partie du patrimoine scientifique de l'humanité.

— Quel rapport avec l'*Eskato* ? » demanda Solman.

Ibrahim se leva et fit quelques pas en direction de la Loire. Les nuages lâchèrent des gouttes de pluie épaisses, chaudes. En contrebas, les plantes grimpantes émettaient un grésillement agressif et répandaient une violente odeur d'acide.

« Je ne te l'ai pas dit ? Son cercle, son mouvement s'appelait l'*Eskato*. La racine grecque du mot eschatologie, l'étude de la fin des temps. »

X

La terre continuait de se métamorphoser à une vitesse effarante. L'eau tumultueuse de la Loire, en pleine débâcle, charriait d'énormes blocs de glace qui s'entrechoquaient comme des coques de bateaux. Les arbres, qu'on croyait morts quelques jours plus tôt, se couvraient de bourgeons; les fleurs, pensées, jonquilles, marguerites, s'épanouissaient sur les talus et les berges; une herbe d'un vert de jade transperçait les derniers voiles de neige; des ruisseaux grossis par les pluies bruissaient sur les pentes des collines; le suc des feuilles grimpantes, qui étendaient leurs territoires dans les anciennes rues, se diluait en fumerolles dans les flaques.

La cavité creusée devant l'entrée du bunker s'était transformée en un bourbier qui interdisait désormais le passage au camion chargé du ravitaillement d'eau potable. On avait dû monter en toute hâte une digue de fortune pour empêcher la mare de déborder à l'intérieur des salles du premier niveau. Le brusque afflux des masses d'air chaud au plus fort de l'hiver provoquait des orages dantesques. Les éclairs se succédaient à une telle cadence qu'ils paraissaient figer le ciel de leurs éclats de lumière, les coups de tonnerre ébranlaient le sol et les murs, la foudre tombait sur les bâtiments les plus exposés auxquels elle arrachait des pans entiers de ruines.

Un mot revenait régulièrement dans la bouche des Aquariotes: « Apocalypse ». Ibrahim avait beau leur expliquer que ces perturbations n'étaient que la conséquence d'un réchauffement brutal, il ne parvenait pas à les convaincre de l'aspect naturel, rationnel, des phénomènes. Il ne pouvait pas non plus apporter de réponse satisfaisante à la question qui lui était immanquablement posée: « Si ce réchauffement n'est pas normal, qui en est le responsable? »

La terre a sans doute besoin de se régénérer, expliquait-il. Ce que ses interlocuteurs interprétaient de la façon suivante : la mère Nature exprime sa colère, la mère Nature renie ses enfants. La peur avait supplanté l'euphorie des jours précédents. Le peuple de l'eau restait confiné dans les dernières salles du premier niveau du bunker. La tension augmentait avec l'inquiétude, des disputes, des bagarres éclataient entre les voitures, les tentes et les remorques. On se chamaillait pour un morceau de viande, un litre d'eau, une bougie, un regard mal interprété, un geste déplacé. Les chiens eux-mêmes montraient des signes de nervosité, tournaient comme des fauves en cage autour des hommes ou des femmes happés par les rixes, poussaient des grondements menaçants, claquaient des mâchoires à quelques centimètres des mollets.

« Je crois bien qu'ils vont tous devenir fous », dit Moram.

Il observait, en compagnie de Solman et de Wolf, les rideaux de pluie qui étincelaient comme des rivières de diamants aux lueurs livides des éclairs. Le tonnerre martelait les collines avec une puissance phénoménale. La mare du fond de l'excavation atteignait déjà les trois quarts de la hauteur de la digue.

Wolf avait retiré son manteau de cuir mais gardé son passe-montagne. La lanière de son fusil d'assaut plaquait sa chemise sur son torse et soulignait sa maigreur. Des enfants se tenaient derrière eux, à la fois terrorisés et surexcités par le déchaînement des éléments.

« Faudrait maintenant savoir ce qu'on fait », insista Moram.

Les cheveux châtains qui se dressaient sur son crâne atténuaient en partie les rondeurs de son visage.

« Pour toi, le programme est tout tracé, fit Solman. Tu ne m'as pas dit que tu allais te marier ?

— Je ne vois pas en quoi mon mariage changerait quoi que ce soit à la situation.

— Je vais avoir besoin d'un chauffeur, et tu auras beaucoup mieux à faire que d'être celui-là.

— Un chauffeur ? Pour aller où ? »

Solman marqua un temps de silence. Il avait lu et relu le Nouveau Testament, mais, cette fois, il s'était davantage intéressé à la vie du Christ qu'aux versets de l'Apocalypse. L'Apocalypse était une prophétie, qui se prêtait à toutes les interprétations comme l'avait souligné Ibrahim, les Évangiles étaient un témoignage à quatre voix qui avait traversé les siècles. Ils racontaient aussi la vie d'un donneur, d'un homme écartelé entre son appartenance au monde de matière et sa nature divine. Certes, Ibrahim soupçonnait les copistes de l'Église romaine d'avoir remanié des passages pour de sordides questions de pouvoir, mais il n'en restait pas moins vrai que des vérités éternelles se cachaient dans ces lignes, entre autres que la prostituée avait autant de valeur que le prêtre, que le pire des criminels méritait d'être sauvé, que chaque homme, chaque femme, chaque enfant avait sa place dans le cœur de Dieu, ou de mère Nature, ou sur cette terre, quel que soit le nom qu'on veuille bien donner à l'Intelligence créatrice.

« Kadija m'attend de l'autre côté du fleuve. Elle doit me conduire au grand rassemblement des tribus. »

Si Wolf demeura impassible, les yeux de Moram s'écarquillèrent de stupeur. Il tritura sans même s'en rendre compte les crosses des revolvers dépassant de la ceinture de son pantalon et enfoncés dans les plis bouffants de sa chemise.

« Kadija ? Personne ne l'a vue depuis des jours...

— La vision m'est revenue ce matin, Moram. Je l'ai entendue me parler depuis l'autre rive du fleuve.

— Tu projettes de... partir, d'abandonner ton peuple ?

— Qui te parle de l'abandonner ? Kadija m'a assuré que les Aquariotes étaient en sécurité ici. Ils ont de l'eau, des réserves de vivres, ils resteront sous la garde de l'ange et des chiens.

— Pourquoi tu ne les emmènes pas avec toi ?

— Je... »

Les yeux clairs de Solman se tendirent d'un voile trouble.

« Il y a certaines choses que je dois accomplir seul.

— Et qui sont ces tribus ?

— Les douze tribus de l'*Eskato*. Celles qui sont appelées à nous succéder sur cette terre.

— Bordel de Dieu, je te le dis, donneur, personne ne prendra notre place si on ne le veut pas ! »

Solman lança un bref regard à Wolf, qui, malgré les grondements de l'orage, ne perdait pas une miette de leur conversation. Il ne ressentait plus le besoin de renouer les liens qui l'unissaient au Scorpiote. La mort de Raïma et la lecture du Livre avaient pansé ses blessures secrètes, l'avaient laissé en paix avec ses souvenirs, avec son enfance.

« Je crains que la volonté ne suffise pas.

— Qu'est-ce que tu as de mieux à proposer, boiteux ? »

Un éclair bleuté, splendide, demeura suspendu pendant quelques secondes sur le fond noir du ciel.

« Je partirai vers le Nord dès que la pluie aura cessé de tomber et qu'un camion pourra traverser cette mare, répondit Solman.

— Eh, eh, eh, une petite minute! protesta Moram. Les camions ne sont pas encore prêts à rouler à l'essence.

— Je prendrai celui dans lequel vous avez transféré tous les restes de gaz.

— C'est-à-dire à peine de quoi faire quatre cents kilomètres. Et puis ton peuple en a besoin pour se ravitailler en eau.

— Une bonne raison pour que les chauffeurs se pressent de remonter les réservoirs et de régler les moteurs. »

Moram grimaça, roula des yeux furibonds, écarta les bras à plusieurs reprises, mais ne trouva rien de mieux, pour exprimer son désarroi, que de les laisser retomber lourdement le long de ses hanches.

« Comment tu comptes franchir ce putain de fleuve?

— La débâcle est amorcée, et les Sheulns savent fabriquer des barges.

— Des barges? Faut attendre encore une ou deux semaines : les morceaux de glace sont serrés, plus gros que des remorques! Et puis tu gaspillerais pas mal de gaz et de temps pour aller chercher un autre passage. Si mes souvenirs et mes calculs sont exacts, je ne connais que deux ponts encore debout sur le Bord de Sud. Le premier, sur la piste de l'ouest, à deux cents kilomètres d'ici ; l'autre, sur une piste à l'est, à plus de deux cent cinquante bornes. »

Les enfants, figés dans la pénombre, écoutaient de toutes leurs oreilles. De temps à autre, ils lançaient un coup d'œil inquiet en direction de l'ange dont ils entrevoyaient la silhouette élancée au fond de la salle. Les lueurs rageuses des éclairs fouettaient les troncs cylindriques des solbots alignés le long d'un mur, allumaient des étoiles dans les yeux des chiens allongés sur le béton.

« Inutile de discuter, Moram, ma décision est prise. Je te demande seulement de me trouver un chauffeur, un bon de préférence, et de voir auprès des Sheulns s'ils peuvent fabriquer d'urgence une barge assez solide pour supporter le poids d'un camion.

— Qui d'autre partirait avec toi? »

Solman désigna Wolf d'un mouvement de tête.

« Je suppose que mon ange gardien se fera un devoir de veiller sur moi jusqu'au bout.

— Et si aucun chauffeur ne veut...

— Tu dois m'en trouver un : c'est un ordre ! »

Moram fixa le donneur d'un air de défi, ses gros poings serrés le long de ses cuisses, puis, après avoir hoché la tête à cinq ou six reprises, pivota sur lui-même et égailla les enfants d'un coup de gueule tonitruant.

La pluie avait cessé, le ciel s'était dégagé. Les hommes sheulns, accompagnés d'une vingtaine d'Aquariotes, équipés de haches, de masses, de scies, de ciseaux à bois, de cordes, s'étaient rendus sur la rive du fleuve pour examiner les arbres, des chênes ou des hêtres le plus souvent, qui bordaient le cours d'eau. Les coups de hache retentissaient à présent dans l'air purifié par l'orage, entrecoupés d'ahanements et des grincements sourds des scies.

Moram avait rencontré des réticences lorsqu'il avait exposé aux autres le projet du donneur, mais il avait compris qu'elles n'étaient que les reflets de son propre trouble. Il avait donc corrigé le tir et mis davantage de conviction dans ses paroles. Il leur avait rappelé que, sans Solman, ils ne seraient plus à l'heure actuelle que des cadavres pourrissants dans le relais de Galice, sur les versants du Massif central ou dans les ruelles de la ville fortifiée. Ils avaient fini par se rendre à ses arguments, les Sheulns en premier, qui, fraîchement secourus, se saisissaient de l'occasion pour régler leur dette envers le donneur aquariote. Les chauffeurs avaient accepté de se séparer du seul camion en état de marche, de démonter sa citerne, lourde et inutile dans ces circonstances, de la remplacer par une remorque légère dont ils avaient dévissé les roues et fixé le plancher au châssis. Les intendants avaient préparé des réserves d'eau et de vivres pour quatre personnes et pour deux mois.

Perdu dans ses pensées, Moram se rendit à la voiture où logeait Hora. Elle sortit avant même qu'il ne pose le pied sur le marchepied, descendit à sa rencontre, se jeta dans ses bras et l'embrassa avec une gravité inhabituelle.

« Monte, dit-elle. Je suis seule. Les autres sont parties vider la mare et consolider le terrain à l'entrée du bunker. »

Moram la suivit à l'intérieur de la voiture. Des parfums et des odeurs de femmes imprégnaient l'air confiné, d'autant que la sourcière avait fermé toutes les vitres. Des matelas jonchaient le plancher dans le plus grand désordre, mais la couchette principale, celle qui contenait le lit à deux places, était propre, bien rangée, et le matelas recouvert de draps frais.

Elle s'empara des revolvers de Moram, les déposa sur la table scellée au plancher, puis le dévêtit sans un mot, le priant seulement de s'asseoir pour qu'elle puisse lui retirer ses bottes. Elle se déshabilla à son tour, avec solennité, avec, également, une certaine tristesse qu'elle s'efforçait de masquer sous un sourire mutin, le prit par la main et l'entraîna sur la grande couchette dont elle tira les rideaux.

Ils firent l'amour en silence, avec une lenteur exaspérante où perçaient déjà les prémices de la séparation, de l'absence.

« Le bruit court que le donneur part vers le Nord, murmura-t-elle, essoufflée, en sueur, la tête posée sur l'épaule de Moram. Et qu'il a besoin d'un chauffeur...

— C'est ce qu'on dit, fit-il, évasif.

— On sait qui s'est porté volontaire ?

— Pas encore. C'est à moi de le désigner.

— Si tu ne l'as pas encore fait, c'est que tu veux être celui-là, non ? »

Il se redressa sur un coude et la fixa avec intensité. Elle lui parut plus belle que jamais avec ses cheveux en désordre, ses yeux brillants, ses traits détendus, épurés par l'abandon.

« Je veux rester avec toi, répondit-il, la gorge sèche. Me marier avec toi.

— Si tu ne pars pas avec le donneur, je sais que tu le regretteras toute ta vie, je sais que tu ne seras plus jamais le Moram que j'aime. Je ne crois pas au hasard : tu t'es engagé dans un chemin, tu dois le parcourir jusqu'au bout.

— Et si au bout il y avait la mort ? »

Elle l'embrassa pour lui cacher sa détresse, la montée de ses larmes.

« Je t'attendrai jusqu'à la fin de mes jours. Et si tu ne reviens pas, je te rejoindrai dans l'autre monde. »

Il aurait voulu parler, la remercier de sa générosité, l'assurer de son amour, il resta tétanisé sur le matelas, la gorge et les muscles noués, incapable de prononcer une parole, d'esquisser un geste. Bien sûr, il n'avait pas envisagé d'autre chauffeur que lui-même, bien sûr, il aspirait à suivre le donneur dans son dernier périple, bien sûr, les regrets l'auraient harcelé jusqu'à sa mort s'il n'avait pas répondu à l'appel, mais un mot d'elle, un seul, et il aurait renoncé à partir, sans hésitation, il se serait accommodé de sa frustration, il se serait interdit de lui en vouloir.

« Pourquoi... pourquoi tu... balbutia-t-il.

— Je n'ai pas l'impression de me sacrifier, si c'est ça qui te gêne. Je pense à moi, au contraire. Je veux d'un mari qui soit allé jusqu'au bout de lui-même. Comme toi, tu voulais d'une femme accomplie, pas d'une épouse fâchée avec elle-même. Sinon, tu ne m'aurais pas encouragée à exercer mon don, tu ne m'aurais pas empêchée de me déclarer exdone. Tu avais besoin d'une compagne dont tu sois fier, pas vrai ?

— Tu... tu n'es pas fière de moi ? »

Elle se releva et s'agenouilla à ses côtés. Bien que plus petite que lui, elle lui parut immense, elle le dominait de toute sa stature, de toute son impudeur, de toute son odeur, de toute sa beauté.

« Je t'aime comme tu es, dit-elle. Et tu es Moram, le chauffeur, l'ami du donneur, tu es l'homme dont il a besoin pour accomplir son destin. »

Elle était très jeune, à l'orée de sa vie, et pourtant il avait l'impression d'être un enfant devant elle. Il embrassa son corps d'un regard chaviré, brouillé par les larmes.

Les deux Sheulns et leur traductrice, Jeska, s'avancèrent vers Solman, Moram et Wolf.

Jeska avait changé depuis le jour où le peuple de l'eau les avaient recueillis, elle et les siens, dans le défilé du Massif Central : ses joues s'étaient remplies, ses cernes s'étaient effacés, ses cheveux dénoués avaient gagné en volume, en brillance. La femme vieillie avant l'âge qui avait empêché son mari de faire feu sur ses trois interlocuteurs aquariotes avait recouvré ses formes, ses couleurs, sa jeunesse, sa vigueur, sa joie de vivre.

Solman se rendit compte que les Sheulns avaient construit deux radeaux, un petit et un grand. Ils avaient lié des troncs et des branches maîtresses élagués avec des cordes, et consolidé l'ensemble avec des branches plus fines clouées en travers. Les rayons du soleil tombaient en colonnes obliques entre les nuages de traîne.

La plupart des derniers hommes se pressaient sur la rive sablonneuse de la Loire. Ils avaient surmonté leur inquiétude pour affronter le temps incertain et assister au départ du donneur. Deux chauffeurs avaient amené le camion quelques minutes plus tôt. Malgré les pierres et les autres étais, il s'était embourbé à plusieurs reprises au sortir du bunker et s'était enrobé d'une épaisse couche de boue qui, en séchant lui donnait des faux airs d'animal préhistorique. La remorque bâchée paraissait perdue sur l'imposant châssis rouillé, réservé d'habitude à la citerne.

Les morceaux de glace charriés par l'eau grondante du fleuve se heurtaient dans un concert de craquements sourds.

Un des deux Sheulns parla en neerdand et s'interrompit pour laisser le temps à Jeska de traduire.

« Courant trop fort, dit-elle. Deux radeaux, un grand pour camion, un petit pour première traversée, pour tendre corde au-dessus du fleuve.

— Pourquoi cette corde ? demanda Solman.

— Parce que grand radeau, trop lourd pour diriger, avancer accroché à la corde, répondit Jeska après avoir posé la question aux Sheulns et écouté avec attention leur réponse.

— Le petit radeau ne risque pas d'être emporté ?

— Non, non. Eux dire pouvoir traverser avec... avec... euh, rames.

— Ce sont eux qui vont s'en charger ?

— Nous, Sheulns, devoir envers toi, donneur. Eux traverser d'abord, quatre autres traverser après sur grand radeau. Eux faire ça pour toi. »

Il les remercia d'un mouvement de tête. Elle sourit, lui prit les mains et s'inclina jusqu'à ce que ses lèvres lui effleurent les paumes.

Les deux Sheulns attachèrent une extrémité de la corde – en fait, une dizaine de cordes épaisses liées les unes aux autres – à la branche d'un chêne, l'autre à un tronc du petit radeau, se munirent de leurs rames – de longues perches de bois dans lesquelles ils avaient fiché de larges plaques métalliques –, puis mirent l'embarcation à l'eau. Ils parcoururent sans encombre le quart de leur trajet avant d'être happés par le courant. Ils ne cherchèrent pas à s'opposer à la puissance des flots, mais à accompagner le mouvement, à anticiper et à esquiver les trajectoires des blocs de glace. Grossie par la fonte des neiges et les pluies diluviennes des jours précédents, large à cet endroit d'une centaine de mètres, la Loire écumait, ondulait avec l'impétuosité d'un torrent, se hérissait de gerbes d'écume qui engloutissaient par instants les piles de l'ancien pont.

Le radeau, entraîné en direction de l'ouest, gagna peu à peu le milieu du fleuve. La corde se dévidait dans un sifflement continu, et Solman craignit qu'à cause du courant, les deux Sheulns ne l'aient pas prévue assez longue pour atteindre le bord opposé. Ils se démenaient avec une rare énergie sur les troncs par instants submergés, piquaient leurs perches sur les morceaux de glace les plus menaçants, à la fois pour les dévier et pour corriger la dérive du radeau, plongeaient les plaques métalliques dans l'eau afin de grappiller les mètres.

Ils disparurent dans les voiles d'écume qui scintillaient à l'entrée du premier méandre. Des hommes et des enfants gravirent en courant les versants des collines, mais, pas davantage qu'en bas – encore moins qu'en bas –, ils ne réussirent à distinguer l'embarcation dans le moutonnement bouillonnant. La corde, qui se déroulait avec une régularité de métronome, était désormais le seul fil qui reliait les deux Sheulns aux derniers hommes.

XI

« Je te l'avais bien dit, ce putain de courant est trop fort pour qu'on puisse traverser ! »

Moram épia du coin de l'œil la réaction de Solman. La corde était tendue à se rompre depuis un bon moment déjà, et les deux Sheulns ne donnaient toujours pas signe de vie. Le chauffeur espérait maintenant que le donneur capitulerait devant les difficultés et ajournerait son projet. Hora n'avait pas souhaité l'accompagner sur le bord du fleuve. « J'ai peur de flancher au dernier moment, de te supplier de rester », avait-elle sangloté en l'étreignant, et il souffrait déjà de son absence, il lui tardait de la retrouver.

« Ils ont été secoués, mais ils ont réussi, dit Solman. Ils ont seulement besoin de reprendre des forces. »

Moram ne songea pas à contester. Il était bien placé pour savoir que la vision de Solman ne le trompait jamais. Il n'y aurait pas de prétexte pour retourner près de Hora, pour briser cet élan implacable qui le poussait à quitter la première femme qu'il eût jamais aimée. Ou les voies de mère Nature étaient d'une complexité inextricable, ou leur simplicité était aveuglante.

« Et Glenn ? demanda-t-il. Pourquoi il n'est pas venu te dire au revoir ?

— Je lui ai fait mes adieux avant de partir, répondit Solman. Il a compris les raisons de mon départ. Il soigne une fillette entre la vie et la mort. Il est resté veiller sur elle. Il n'a que six ans, mais il a l'âme d'un sage.

— Tout comme ma Hora. Il a le don de guérir, elle a le don de l'eau. Il suffit donc d'avoir un foutu don pour être sage ? »

Solman s'arracha à sa contemplation de la Loire et fixa le chauffeur d'un air à la fois tendre et ironique. Le vent chahutait ses cheveux et les poils clairsemés de sa barbe. Il portait, sous sa canadienne, sa tunique et son pantalon de peau nettoyés et ravaudés par les lavandiers. Ses yeux avaient la profondeur et la luminosité d'un ciel d'été.

« Peut-être qu'il suffit d'être sage pour avoir un foutu don.

— Dans ce cas, je risque d'attendre un sacré bout de temps ! » grinça Moram.

Des soubresauts agitèrent la corde qui commença à pivoter sur son axe comme le rayon d'une roue. Des clameurs de soulagement saluèrent l'apparition des deux Sheulns sur la rive opposée du fleuve, qui leur adressèrent de grands signes. Ils choisirent d'attacher la corde en haut d'un éperon rocheux, situé une cinquantaine de pas à l'ouest par rapport au point de départ, de manière à la tendre de biais cinq ou six mètres au-dessus du fleuve et de placer le grand radeau dans le sens du courant.

C'est Moram qui se chargea de hisser le camion sur les troncs reposant sur un lit de rondins. Les quatre Sheulns de l'équipage le guidèrent dans ses manœuvres afin de répartir au mieux le poids du véhicule. Ils calèrent ensuite les roues à l'aide de gros coins en bois qu'ils fixèrent avec des clous, lièrent une dizaine de cordes courtes aux troncs, puis, juchés sur la cabine du camion, les arrimèrent par des nœuds coulants à la grande corde. Ils donnèrent le signal du départ après les ultimes vérifications.

Moram lança un regard éperdu en direction du bunker mais Hora, comme elle le lui avait annoncé, ne se montra pas.

« Je viens avec vous ! » fit une voix.

Ibrahim se détacha de la foule et s'avança vers le grand radeau d'une allure décidée. Il avait remplacé ses vêtements albains par une tenue traditionnelle aquariote, large tunique de lin, veste et pantalon de cuir, hautes bottes.

« Pas question ! objecta Moram. On n'a pas de ration ni de place pour vous.

— Allons, je sais que les intendants ont prévu des vivres pour quatre. Et, si je compte bien, Wolf, Solman et toi, ça ne fait que trois.

— Quatre avec Kadija ! Si on la retrouve.

— Elle ne mange pas et ne boit pratiquement pas. Je voyagerai dans la remorque. Elle est très confortable à ce qu'on m'a dit.

— On ne sait pas combien de temps durera ce putain de voyage ! On ne sait même pas où on va ! Et, vu votre âge, j'ai peur que...

— Mon âge n'a rien à faire dans cette histoire ! C'est à moi que Kadija a été envoyée. Je suis en quelque sorte son tuteur sur cette terre. »

Une trentaine d'hommes, les plus robustes, s'étaient déjà regroupés à l'arrière du radeau pour la mise à l'eau. Les quatre Sheulns attendaient, équipés de perches imposantes – et probablement inutiles pour manier une embarcation de cette taille et de ce poids – dont les pelles métalliques étaient fixées au bois par des dizaines de clous.

« Vous êtes le bienvenu, déclara Solman, ignorant le regard furibond de Moram. Allons-y maintenant. »

En dépit du système de roulement constitué par les rondins, les trente hommes arc-boutés sur les extrémités des troncs perdirent près d'une heure à pousser le radeau lesté du poids du camion. Les nuages s'amoncelaient à nouveau dans le ciel, des lueurs vives ourlaient les collines, un tonnerre encore lointain dominait le grondement du fleuve et les craquements des blocs de glace. La lumière faiblit avec une telle soudaineté que la nuit sembla s'être invitée avant l'heure.

Adossé à l'aile du camion, Solman vit des femmes courir derrière les enfants, les prendre par le bras et les ramener vers l'entrée du bunker sans tenir compte de leurs gesticulations de protestation. Son départ n'avait donné lieu à aucun discours larmoyant, à aucune démonstration de tristesse. Des mains s'étaient tendues sur son passage pour l'effleurer au moment de l'embarquement, des larmes discrètes avaient roulé sur quelques joues, des murmures d'encouragement s'étaient évanouis dans les rafales de vent, mais personne ne s'était jeté en travers de son chemin, personne n'avait cherché à le retenir. Il ne voyait pas de l'ingratitude dans l'attitude des Aquariotes, mais le signe que le peuple de l'eau serait bientôt prêt à prendre sa destinée en main. Et puis, au nom de quoi aurait-il espéré de la gratitude ? Mère Nature avait déposé un don dans son corps de boiteux de la même manière qu'elle déposait d'autres qualités dans d'autres corps. Éprouvait-il de la gratitude pour cette femme qui traînait son enfant récalcitrant sur le versant d'une colline ? Pour cet homme arc-bouté sur un tronc dont les veines saillaient sur les tempes et le cou ? Pour cette fillette qui courait robe et cheveux au vent ?

Chacun avait son importance sur ce monde, tous tissaient une trame commune et indéchiffrable. Tant que les hommes n'auraient pas pris conscience qu'aucun d'eux n'était ni inférieur ni supérieur aux autres, qu'ils étaient associés pour le meilleur et pour le pire dans le lit de l'humanité, ils poursuivraient l'œuvre d'anéantissement qu'ils avaient entreprise depuis la nuit des temps.

L'avant du radeau toucha l'eau. Dès lors, il ne fallut aux trente hommes qu'une poignée de minutes pour propulser l'embarcation entière sur le fleuve. Elle poursuivit sur sa lancée, prit de la vitesse et commença à tanguer sous l'effet des premiers remous. Les attaches se tendirent brusquement dans une série de grincements et tirèrent sur la corde jetée au-dessus du fleuve. Solman la vit se distendre comme un élastique, et, l'espace de quelques secondes, crut qu'elle allait rompre ou arracher le chêne auquel elle était rivée.

« Accroche-toi, boiteux ! Et fais attention de ne pas avaler de l'eau du fleuve ! »

Wolf se tenait tout près de lui, agrippé au pare-chocs. Ses yeux presque entièrement blancs brillaient avec fièvre dans la fente de son passe-montagne. Le roulis du radeau l'obligeait à déplacer sans cesse son centre de gravité. Solman obtempéra d'un signe de tête, grimpa sur le marchepied, se riva à la tige du rétroviseur et remonta le col de sa canadienne sur son nez et sa bouche. Le vent lui apporta les bribes des voix de Moram et d'Ibrahim, plaqués contre la portière de l'autre côté du véhicule.

Les blocs de glace fusaient à pleine vitesse de part et d'autre de l'embarcation, parfois si près qu'ils la frôlaient dans une explosion d'écume. Le grondement du fleuve prenait une dimension terrifiante au fur et à mesure qu'ils s'éloignaient de la berge. Le camion ne bougeait pas, immobilisé par ses cales, mais les chocs qui secouaient les troncs provoquaient des vibrations sourdes dans sa carrosserie et sur ses vitres. Porté par le courant, entravé par les cordes, le radeau progressait en travers, par à-coups. Les remous le bloquaient de temps à autre pendant une vingtaine de secondes, puis il repartait dans une succession de secousses qui le ballottaient d'un côté sur l'autre et projetaient des paquets d'eau sur les troncs. Trempés de la tête aux pieds, la tête rentrée dans les épaules, deux Sheulns essayaient de contrôler la direction en se servant de leurs pelles comme de godilles, mais la violence du flot rendait leurs efforts dérisoires, pour ne pas dire nuls.

Les deux autres, postés sur le côté, surveillaient les blocs de glace et s'efforçaient de dévier les plus menaçants de l'extrémité de leurs perches.

Solman lança un coup d'œil par-dessus son épaule. Les Aquariotes figés sur la rive suivaient avec inquiétude la progression chaotique du radeau.

Son peuple...

Il ne les reverrait pas, cela ne faisait aucun doute. Il n'était pas leur berger, leur donneur, mais un des leurs, un homme qui avait partagé leurs souffrances, leurs espérances. Même si les embruns l'empêchaient désormais de distinguer les traits, il se sentait porté par leurs regards, par leur vénération, par leur amour. Il se sentait, également, enveloppé de l'amour de Wolf en quête éperdue de rachat, de l'amour de Moram qui s'était, pour le suivre, arraché des bras de la femme de sa vie... Il avait puisé en eux tous, dans leur humanité, la force d'entreprendre ce voyage, de rejoindre Kadija de l'autre côté du fleuve. Les larmes lui vinrent aux yeux. Il lui faudrait bientôt les quitter, et l'écume froide qui lui cinglait le visage semblait emplie de toute l'amertume des temps.

Un bloc de glace brisa la perche d'un Sheuln et percuta le radeau de plein fouet. Prise en travers, l'embarcation eut une gîte prononcée qui provoqua des grincements alarmants dans les cordes. Solman faillit lâcher la tige du rétroviseur, crut que le camion allait se coucher sur le flanc, glissa sur la marche, se rattrapa de justesse, vit deux Sheulns rouler comme des pierres sur les troncs submergés, s'agripper l'un au châssis de la citerne, l'autre à une saillie de bois, se rétablir sur leurs jambes, se replier prudemment vers l'abri offert par le camion. Bien qu'ils eussent pris la précaution de nouer des bouts d'étoffe sur le bas de leur visage, il se demanda s'ils n'avaient pas avalé de l'eau. On ne connaissait pas un seul fleuve, pas une seule rivière, pas un seul ruisseau qui ne fût contaminé par les anguilles^{GM}. Le venin se diluait dans les eaux courantes, perdait donc de sa redoutable efficacité, mais l'absorption de quelques gouttes suffisait à tuer les plus faibles en une vingtaine d'heures et les plus résistants en deux ou trois jours.

La fréquence des éclairs s'accentuait, les roulements de tonnerre s'amplifiaient en cadence. Les blocs de glace ondulaient à la surface des flots comme un troupeau aveugle lancé à pleine vitesse. Deux d'entre eux heurtèrent simultanément le radeau. C'en fut trop pour la corde tendue au-dessus du fleuve, qui céda dans un claquement. L'embarcation, soudain libérée de ses amarres, fut projetée comme une flèche dans le courant. Accroché de toutes ses forces à la tige du rétro-viseur, la jambe gauche à l'agonie, Solman perçut, dans le lointain, les aboiements des chiens et les hurlements d'effroi des Aquariotes massés sur la berge.

(À suivre)

Ne manquez pas le sixième et dernier
épisode du feuilleton de Pierre Bordage,
Les derniers hommes, intitulé :
Le dernier jugement
en vente à partir du 20 juin 2000

Le livre à 10 F

336

Composition Euronumérique
Achevé d'imprimer en Europe
à Pössneck (Thuringe, Allemagne)
en avril 2000 pour le compte de E.J.L.
84, rue de Grenelle 75007 Paris
Dépôt légal avril 2000

Diffusion France et étranger : Flammarion